U0725799

开普勒62号

火山下的对决

[挪威] 比约恩·肖特兰德　著

[芬兰] 帕西·皮特卡能　绘

王皓雪　译

GUANGXI NORMAL UNIVERSITY PRESS

广西师范大学出版社

·桂林·

HUOSHAN XIA DE DUIJUE
火山下的对决

出版统筹：李闰华　　　　　　责任编辑：戚　浩
品牌总监：张少敏　　　　　　助理编辑：纪平平
选题策划：李茂军　戚　浩　　美术编辑：刘淑媛
版权联络：郭晓晨　张立飞　　营销编辑：赵　迪
责任技编：郭　鹏

Text © Bjørn Sortland 2020
Illustrations © Pasi Pitkänen 2020
Complete Work © Bjørn Sortland, Pasi Pitkänen and WSOY, 2020
Layout Design: Pasi Pitkänen
First published in Finnish with the original title Kepler62 – Uusi maailma: Luola by
Werner Söderström Ltd in 2020.
Published in the Simplified Chinese language by arrangement with Bonnier Rights,
Helsinki, Finland, and Chapter3 Culture (Beijing) Co. Ltd.
本作品简体中文专有出版权经由 Chapter Three Culture　独家授权。

著作权合同登记号桂图登字：20-2023-007 号

图书在版编目（CIP）数据

　　火山下的对决 /（挪）比约恩·肖特兰德著；（芬）帕西·皮特卡能绘；
王皓雪译. --桂林：广西师范大学出版社，2023.5（2025.6 重印）
　　（开普勒 62 号）
　　ISBN 978-7-5598-5893-1

　　Ⅰ．①火… Ⅱ．①比… ②帕… ③王… Ⅲ．①儿童小说—
幻想小说—挪威—现代 Ⅳ．①I533.84

　　中国国家版本馆 CIP 数据核字（2023）第 044863 号

广西师范大学出版社出版发行
（广西桂林市五里店路 9 号　邮政编码：541004）
网址：http://www.bbtpress.com
出版人：黄轩庄
全国新华书店经销
北京博海升彩色印刷有限公司印刷
（北京市通州区中关村科技园区通州园金桥科技产业基地环宇路 6 号
　邮政编码：100076）
开本：880 mm × 1 240 mm　1/32
印张：6.25　　字数：100 千
2023 年 5 月第 1 版　　2025 年 6 月第 2 次印刷
定价：42.00 元

如发现印装质量问题，影响阅读，请与出版社发行部门联系调换。

开普勒62号

火山下的对决

巨大的宇宙飞船·

·X的藏身之处
·洞穴

玛丽的营地·

平塔号
·圣玛利亚号
·原营地

·阿里和乔尼的村庄

■ 800m x 800m

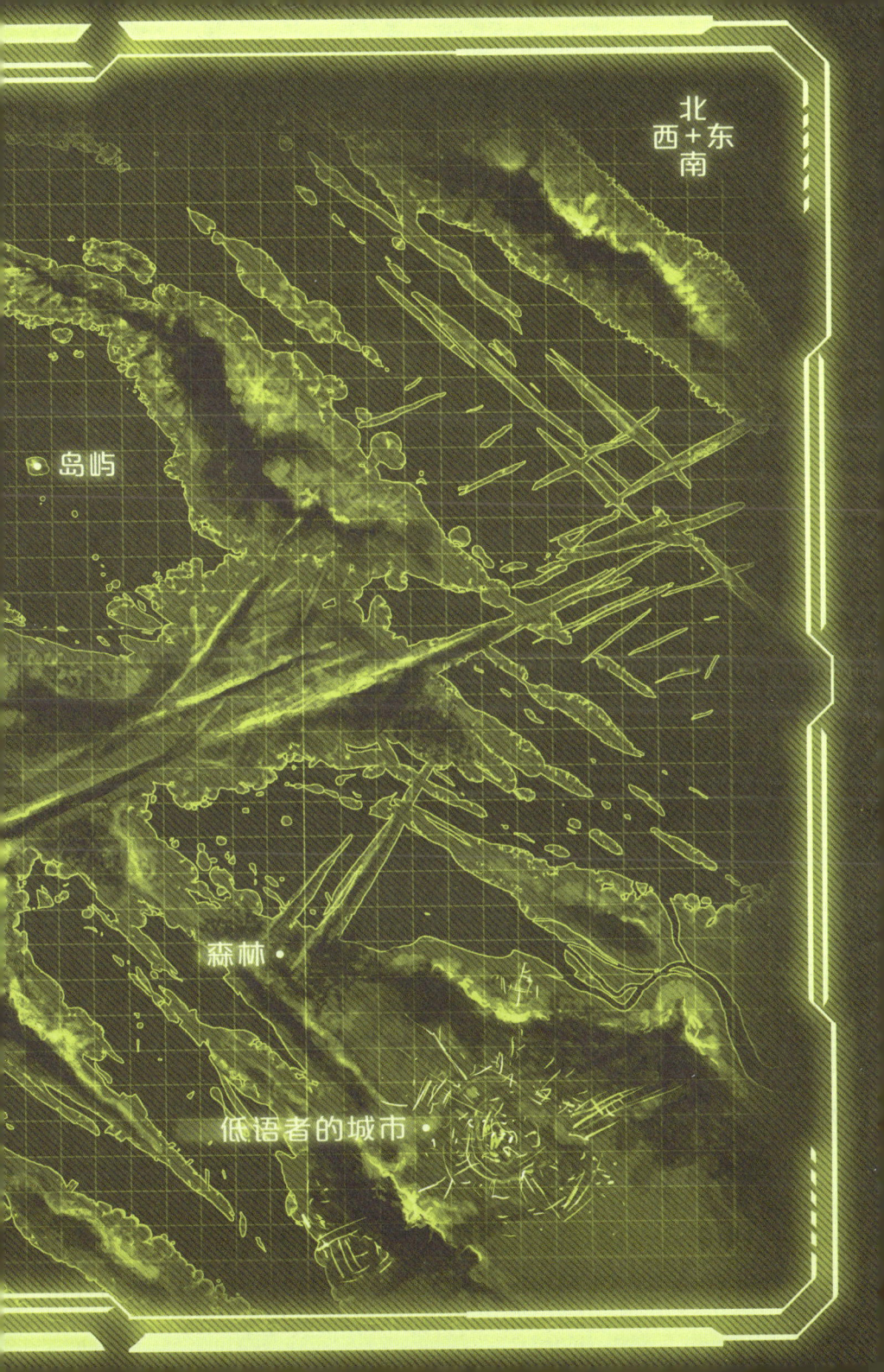

目录

第一章

　　"父亲可能不记得他喜欢我们了吧,"奥利维亚说,"不管怎样,他确实病得严重。玛丽,你再给他一次机会。你也姓瓦利为,但绝对和父亲不一样!"

　　我听到奥利维亚在我身后呼喊,但我假装已经在洞穴里走远了,没听见。

　　我不想听同父异母的姐姐唠叨。她从来都是个乐观主义者,而我们的父亲则一直都没安什么好心。就因为他,我现在才处在这个由无数空洞和地下走廊拼接而成的黑漆漆的洞穴里。我不是去找父亲聊家常的。我要给他的邪恶、给他做的坏事都画上一个句号。为了阻止他,我已经准备好了做任何事。

　　任何事。

第二章

　　我的周围阴暗极了。我害怕在这个洞里走丢了，再也找不到出去的路。或者说不定它会坍塌，把我埋在里面，让我不得不面对漫长而痛苦的死亡过程。

我有个从来没告诉过任何人的秘密：我极其害怕置身于封闭的狭小空间，比如身处上锁的房间里，比如头被人用袋子套住，比如被活埋。我讨厌乘电梯、坐飞机，讨厌处于水面下，比如潜水，甚至不喜欢戴自行车头盔。之前我最怕的事就是被迫穿宇航服，或者被关进那种人工休眠舱里，然后被送到一个陌生的星球上。搞不好在那个星球上我还不能自由呼吸，一辈子都得穿着宇航服。

但即便如此，这些可怕的事我还是都做了。我穿着宇航服，躺在休眠舱里，穿过 1200 光年，从地球来到了开普勒62e 行星。好在这个星球上有氧气，可以自由呼吸。我们这群被送到外太空的孩子已经在这里生活了几年，这里的生活几乎算得上正常。在这里，我们不用穿宇航服，不用戴宇航服的头盔，甚至连自行车头盔也不用戴。

但是现在，我周围的洞穴越来越狭窄。我沿着这个洞穴，走向一张深不可测、巨大无比、孔洞和地下走廊纵横交织的网络。没有人知道每条走廊到底通向何处。

我想找到我父亲。我很生他的气。只有愤怒能带给我勇气，让我在这里继续走下去。

空气里的含氧量并不高，有些硫黄的味道，估计也少不了别的气体。我现在身处火山内部，但我也不知道它是否处于休眠状态，随时都有爆发的危险。我也不知道会不会越深入，呼吸就越困难。说不定深处有太多有毒有害的气体，一旦它们让我失去意识，我就死在洞穴里面了。我现在已经有些呼吸短促，心跳加速，嘴巴发干。我要是进洞穴之前穿上宇航服、戴上头盔就好了。

我努力平复自己的呼吸，逃跑的欲望强烈无比，因为恐惧像处于冬日薄冰下的大海一样黑暗、深不可测。我真想立刻掉头跑出去。

在黑暗当中，我好像比想象中走得更远。我回头只看到一片昏暗和远处隐隐约约的两个洞口。我是从哪个洞口进来的？如果我想回去，应该往哪边走？

面前的这些洞口，我又该选择哪一个？

我最近开始想家了，想家的感觉让我不舒服。如果我还在地球上，现在肯定不会在一个火山洞里面寻找父亲，那个从来都没说过他关心我的父亲。

第 三 章

"你父亲认为大自然最好还是只出现在电影里，"有一次，我听我们的老管家阿尔弗雷德说，"但是我们得直面这个美丽的地球。地球是我们的家乡。"

我们都很吃惊阿尔弗雷德会这么说，因为谁也不敢和父亲意见不一。父亲可是全世界最聪明的人。没有人知道惹怒了他到底会发生什么。我曾经以为人们是真的相信父亲说的一切，所以才会听他的话。现在我才知道，那是因为怕他。我也怕他。

但是阿尔弗雷德不怕。他当年就总是说，因为我们毁灭了地球上那么多的动植物，大自然发怒了。

"好多人都觉得秃鹫又丑又恶心，因为它们靠吃动物的尸体为生。"阿尔弗雷德说，"甚至有人恨它们。但其实秃鹫真是了不得的鸟。在印度，有一种秃鹫灭绝了，就因为人们给一些小动物喂了毒药，秃鹫吃了那些小动物的尸体之后也死了。地球上曾经生活着4000万只秃鹫，它们是大自然的清洁工。秃鹫一分钟就能吞下一千克肉。它们吃掉了动物尸体，间接保护了几百万人免受那些因为尸体腐烂而传染的疾病的侵害。"

虽然阿尔弗雷德说话总是不紧不慢的，但我知道他其实心里很生气。父亲很喜欢狩猎，他总是带着他遍布世界各地的朋友一起去打猎，打得越多、杀戮的动物越珍稀，他们就越高兴。我以前一直惊讶阿尔弗雷德竟然忍受得了父亲这种人并为他工作。

"我们得善待地球，才能生存下去。地球是我们的母亲，是我们的家。要是把地球毁了，我们自己又能好到哪里去呢？毁灭大自然就是毁灭我们自己。"阿尔弗雷德说。

自上次听到阿尔弗雷德说这样的话已经过去了很久，地球上也不知又新增了几百万的人口。他们可不像我有旅行到另一颗星球上的机会。

确实，地球正逐渐变得不宜居住，甚至正在走向毁灭。我还记得地球上的鸟和昆虫是怎么一点点消失的，而在此之前是大饥荒、森林大火和其他灾难。所以地球统治者才派出我们这群孩子，希望我们能找到一个新世界。但我们也就几百人而已。

从地球出发的时候我们就知道，送我们飞出地球的原因有很多。但过了很长时间之后我们才发现了真正的原因：有一个叫《天蝎》的游戏，它的人工智能先是侵入了小孩的机器狗玩具，然后便一发不可收，很快就威胁到了整个地球。这场危机居然是机器狗玩具引起的，想想就可怕。我甚至都不敢想这些。总之，我们乘坐着武器制造商瓦利为研发的飞船到达这里，目标是逃离战争、武器、能源紧缺、灾荒和自然毁灭，在这里建造一个新的社会，一个全新的、没有大人的社会。

不幸的是，有一个大人成功溜上了飞船，和我们一起到达了这个星球。这个大人还能是谁？当然是那个武器制造商瓦利为，我的父亲。

带着自己的父亲穿越虫洞，穿越无垠的、冷酷的宇宙到达另一个星球，对许多人来说大概是件值得高兴的事。

但我不这么看。父亲已经在我们这个小社会里制造了动荡和遗憾。他想成为统治整个开普勒62e星球的独裁者，就像电影《金刚》里面的怪兽一样凶悍恐怖。

一个叫乔的男孩曾告诉我这个洞穴有"几十亿米深"，他警告我说这里的隧道盘根错节。而我的父亲就藏匿于这个火山洞的深处。

我要找到他。他的女儿——玛丽·瓦利为，想亲手结束掉他从地球带到开普勒 62e 星球上的恐怖和邪恶。我还知道他在这个洞里藏了一些无人机，搭载了能引发鼠疫一类疾病的病毒、细菌。若是真给他使用这些无人机的机会，这颗星球很快也会变得无法居住。

　　我得抓住他。虽然我又瘦小又害怕，但我到底还是我们这些人当中最强的。阿尔弗雷德也来到了这个星球，但他已经老了。我是唯一一个能找到父亲、毁掉他的无人机的人。

第四章

　　洞穴里一片寂静，简直能听到自己思考的声音。我一边走，一边努力想回忆起一些愉快的事，但能回忆起来的内容越来越让人感到阴暗恐怖。我想起了已经去世的母亲。母亲总是喜欢穿薄薄的长裙，只把她美丽纤细的手臂露在外面。但不知从什么时候起，母亲的手臂越来越瘦，逐渐变得丑陋，甚至让人觉得恶心。到最后，她的手臂就像已经失去知觉似的垂在她的身体两侧。母亲的手臂上总是扎满了针管。母亲说，那是她在通过输液的方式获取营养。可输进她身体里的东西看起来一点儿也不像吃的。那时候我还小，还觉得要是父亲也在就好了。但父亲从不曾陪在母亲床边。我觉得他是害怕死亡。在母亲去世的那天，她把一个心形的挂坠放在了我手里。

"这颗心可以拯救全世界。"母亲小声说道，"在你觉得一切都要走向毁灭的时候，这个挂坠就会向你袒露阻止毁灭的方法。只有你才能打开它。你要好好收着。"

　　但那个挂坠现在在哪儿？我到底还是让母亲失望了，没能保护好那个挂坠。

我的眼睛湿漉漉的。

我最受不了自怨自艾。

"嘿——"我听到一个细弱的声音，"玛丽！等等我！"

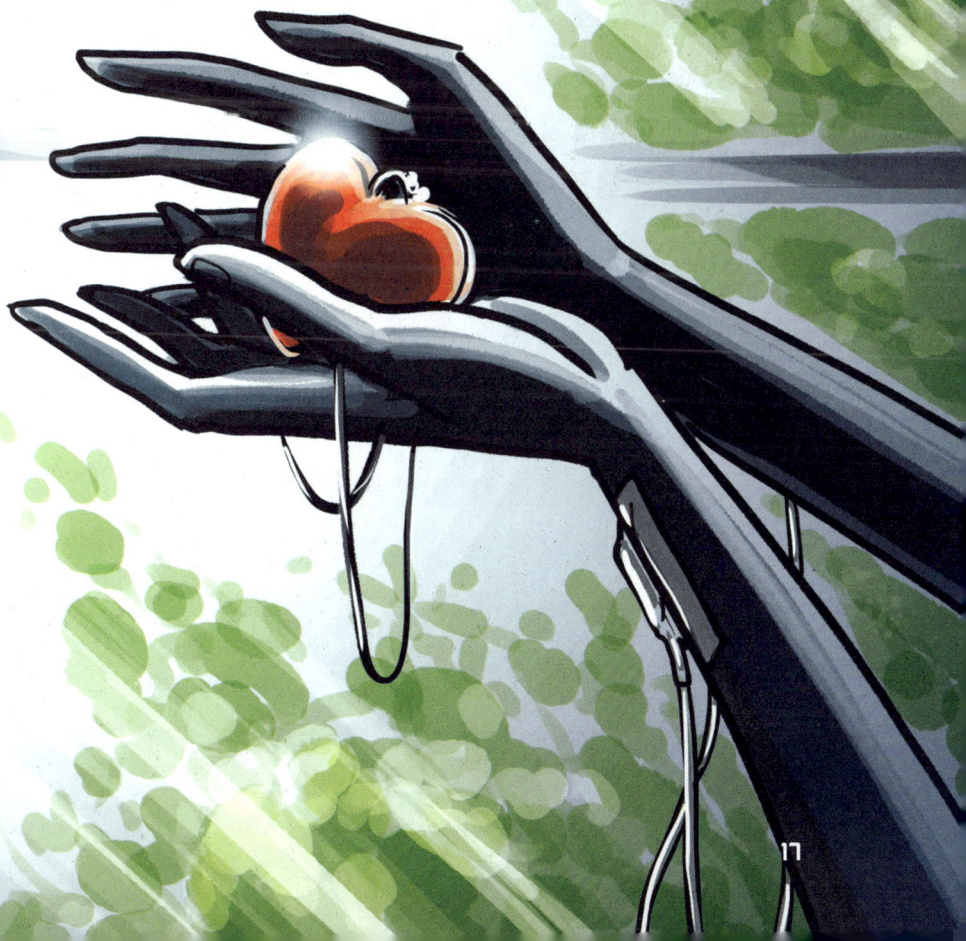

第五章

"嘿！"

一个小小的身影拿着手电筒向我走来。真是幸运，他居然带了手电筒！

"嘿！你记得我吗？是我告诉你那些坦克海豚的事，我……"

乔！居然是乔！

我看到一个矮矮瘦瘦但有一双水汪汪大眼睛的男孩走到了我面前。

"当然记得，你是乔。"

他笑了。

"对，"他说，"记得很清楚嘛！哎，你怎么哭了？"

我想找个"过敏了"之类的借口，但随即就放弃了这个想法。乔瞪着水汪汪的棕色大眼睛看着我，我不忍对他撒谎。

"我想起了母亲下葬的那天……"但话还没说完我已经后悔了。

"你参加了葬礼吗？"

"参加了。"

"我一点儿也不记得我妈妈。我甚至不知道我到底有没有妈妈。你对你妈妈记得很清楚吗？"乔问道。

我快速擦干了眼泪。

"不，我什么都不记得了。"我说。

"但是……"

"一点儿也不记得了。你怎么到这儿来了？"

"因为，"乔说，"我觉得你就一个人，肯定需要帮助。"

第六章

"地球上的事我都快忘光了。"乔说,"那时候我住在一个营地里。那儿没有我的父母,我也不知道他们在哪里。我得和别的孩子生活在一起,但是我完全不合群。"

我们俩一起在黑暗中向前走,我看到他揉了揉眼睛。

"你熟悉这个洞吗?"我问道。

"不算熟悉,我只知道一点儿。"乔说。忽然他像机器人一样定住了几秒,只呆呆地盯着前方,像什么都看不到了似的。真是奇怪。难不成他有癫痫病?但转眼间,他又恢复了正常状态。这到底是怎么回事?总的来说,我对男孩子的了解太少了,就连我最好的朋友阿里和乔尼,我都不怎么了解。我也不知道他俩现在在哪儿。

现在乔又像没事人似的踢着脚下的石子,还偶尔哼几句歌。我有点儿想去握住他的手,但又觉得太矫情了。

"你母亲去世了,那你父亲呢?"乔问。

"我现在就是在找他。"

"去哪儿找？"

我没回答他。这人问题真多。

"你姓瓦利为，对吧？"

"对。"我说。

"哇！原来你是瓦利为的女儿。你们特别有钱吧？"

"也没有多少。"我说。

我不想告诉他，在地球上的时候，我们富得流油：有宫殿一样的大房子，还有游泳池、私人溜冰场；我们还有自己的飞行员吉姆和杰夫，不管想去哪个国家，坐上私人飞机立刻就能出发；吉姆和杰夫负责接送我和我的朋友们去伦敦、纽约和巴黎购物消费。上学的时候我就总是心里难受，因为我不知道我的朋友是喜欢我，还是喜欢我家有钱。有一次，朋友的家长决定，除非有家长陪护，否则不让她们再和我一起玩了。这样一来，他们就可以跟我们一起去伦敦购物了。当然，那也没持续多长时间，之后不久薇尔德就说了让我生气的话：

"我们知道你爸杀了好多人。"

"才没有！"

"这是真的，玛丽！"

"才不是。他要是杀了人，怎么没进监狱？"

"是真的。"

"不可能！"

"你爸制造武器，贩卖武器。所以你们才能住大房子，有溜冰场和飞机。他把武器卖给杀害妇女和儿童的坏人，还卖给打仗的国家。我妈说你爸是个大坏蛋。"薇尔德说。

我觉得自己就是个傻子，傻得无可救药。我从来没想过为什么我们有大房子住，有溜冰场，有飞机，有奢侈的一切。一刹那我就明白了，薇尔德说的肯定是真的。也是从那时起，我开始害怕父亲。

"你的手电筒还有多少电？"我问乔。

我们脚下的路在前方不远处分成了两条。

但其实并不难选。墙上画着一个泛着浅绿色荧光的箭头，指向了左侧的洞口。是有人为了我们特地留的记号吗？如果真是这样的话，这是好事还是坏事？是父亲还是别人画的这个箭头？是为了方便我们找到他吗？

"我听他们说过，说箭头指的就是正确的方向。"乔说，"咱们应该跟着箭头的方向走，否则很快会迷路的。如果你想找到你父亲，就应该按照箭头的指向走。"

"他们？"

"嗯。"

我有一万个问题想问他，但现在还是先忍忍吧。我跟着他走向了左侧的走廊，这条走廊通向了一个大一些的洞穴。

好多电影里都有类似的情节：主人公走到一个黑漆漆的地方，然后忽然出现点儿什么。所有的观众都能一眼看出来，那是个陷阱。"快逃命吧！"观众想，而且他们的想法从来都没错。

我们现在所处的情景就是如此。

我们面前有一个架子，上面挂着几套非常先进的连体服。比我们在从地球来到这颗星球的路上穿的宇航服先进多了。连体服隐隐地发出黄光，头盔则隐隐发绿。我也不知道这颜色有没有什么意义，总之看起来特别高级。我知道，这肯定是个陷阱。

KTA 重型对战装甲 2.0

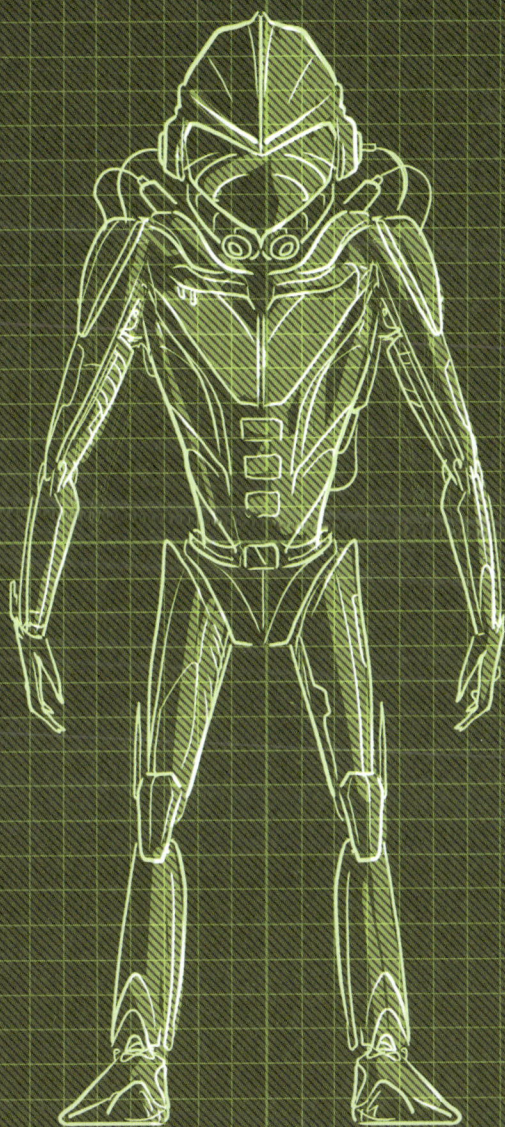

此外，洞穴顶部还有一个闪着红光的摄像头。我猜这摄像头上肯定也印了父亲公司的标志——KTA。

得立刻掉头撤退。父亲现在肯定在哪儿通过摄像头看着我们呢。真是总也赢不了他。

没错，得立刻撤。

第七章

"哇！"乔大呼一声，"这么好的衣服，咱们得试试啊！是你爸设计的？"

"我估计是。"

"太厉害了。怪不得他们都喜欢他。"

唉，这种话我之前也听过。父亲就是个活生生的钢铁侠。或者说，他曾经是。现在他病了，折腾不动了。

如果要去洞穴深处，我们恐怕真的需要这些连体服。再深一点儿的地方有毒气也说不定。

我从架子上取下一套衣服，开始往自己身上套。

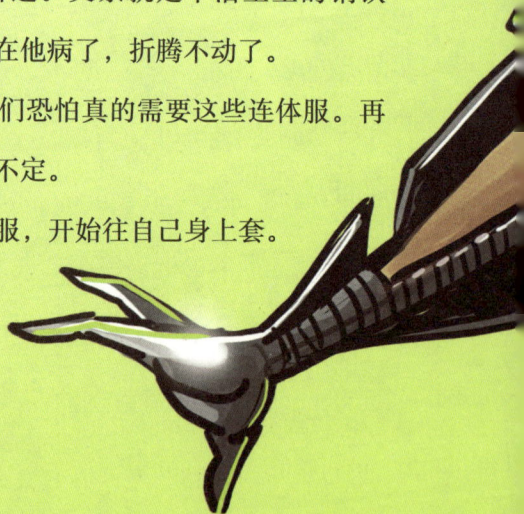

连体服比我想象的要轻盈，而且非常

合身，就像给我量身定做的一样。

"简直太棒啦！你说这是不是给我的？是不是你爸知道我来，给我准备了见面礼？"

　　他肯定知道。他最喜欢玩这种游戏了。

　　和这连体服比起来，我的宇航服显得逊色多了，虽然宇航服也是父亲当年在 51 区设计的。

KTA 近身搏击战术长矛

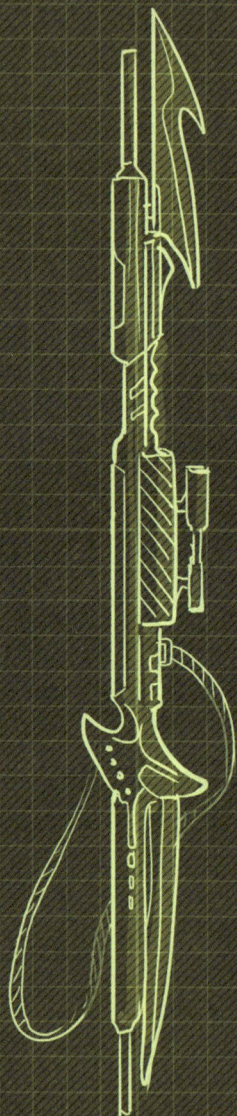

这还没完，我的连体服后面还挂着一支长矛，或者说，一个像长矛的东西。

我也不知道怎么用，但它上面也印着"KTA"的标志，所以它肯定不仅仅是一支矛这么简单。长矛的手柄上有四个小按钮，每个按钮旁边都有标识，分别是喷头、箭头、火焰三个图案和WT。最后这两个字母"WT"是什么意思我也想不明白。我把长矛带在了身上。

乔也已经穿好了连体服，正用头盔上的灯照着左顾右盼。

在头灯的帮助下，我们发现了一个和高科技没有一点儿关系的东西——一个旧式电梯，悬挂在深渊之上。悬挂着的电梯看起来一点儿也不安全，简直像电影里出现的那种19世纪电梯。我记得阿尔弗雷德很喜欢看老电影。

"来呀。"乔说。

我把头盔戴上的时候还在想：你这个傻子！这肯定是个陷阱！会要命的！快逃呀！我的身体也似乎在向我大喊：转身！转身！转身！

我刚把头盔戴上，电梯里面的灯就亮了起来。

打开电梯厢的铁栏杆门的时候，我还在心里尖叫着：我讨厌戴头盔！讨厌连体服！讨厌狭窄的过道！讨厌电梯！快走，回到营地去，去找奥利维亚、马格达和阿尔弗雷德！我得跑到外面去，外面有清新的空气和阳光！

但我服从了自己的内心吗？我真的转身逃跑了吗？

当然没有。

第 八 章

我的胃和心脏联合起来作乱，大脑简直没法思考：我知道我得找到父亲，摧毁那些用来散播病毒、细菌的无人机。但怎么摧毁？我完全没心思想。

在洞穴深处等着我们的到底是什么？我到底应不应该带着乔？他可不知道我将要做的事有多危险。其实我自己也不知道。虽然他看起来一点儿也不害怕，但我还是不想让他暴露在太多的危险中。

"喂？能听见吗？"我耳中清晰地传来了乔的声音。看来这头盔配备了顶级的内部通信系统。

"你觉得这会是个陷阱吗？"我问道。

"我不知道，"乔说，"有可能。不，我觉得不是。这连体服实在是太赞了，你父亲和那些男孩子肯定也穿同样的型号，所以我们才发现它们挂在这里。说不定你父亲也坐这个电梯呢。"

"嗯……"我边想边说,"这连体服确实很先进,但是……"

我们四目相对。

我把电梯厢的铁栏杆门"咔嚓"一声关上。

电梯里并没有表示楼层的按钮,只有一个向下的箭头和一个向上的箭头。

我也不知道有没有机会用那个向上的箭头,也许这部电梯根本就坏了没法用呢。

我按了一下向下的箭头。有那么一小会儿，什么都没发生，但很快传来几声"咔嚓""咯吱"的声音，然后电梯就开始下降了。

　　　　　　　　向下。

　　　　　　　　　　　向下。

41

向下。

43

向下。

向下。

第九章

电梯好像走了整整几个世纪那么久。

我口干舌燥。我们站在这个吱嘎作响的铁笼子里，挂着铁笼子的缆绳怎么看也说不上结实，万一这绳子断了……

父亲当年造这部电梯的时候，估计也没有太多材料供他选择。电梯厢栏杆交叉的地方卡着几撮棕色的绒毛。这电梯到底运过什么？搞不好它根本不是客用的。

"你害怕吗？"乔通过头盔里的通信系统问我，"我是说，你害怕你父亲吗？"

我还是不确定他问的到底是什么：我是害怕父亲病得太重，还是害怕父亲会伤害我？

我的心脏怦怦直跳。我忽然意识到自己上次和父亲好好聊天，恐怕还是自己很小很小的时候。母亲去世之后我才逐渐意识到，原来父亲出门在外的时间是那么长。说不上为什么，但我总觉得这有点儿可怕。父亲每次出门的时间越来越长，和吉姆、杰夫一起飞去美国，他总不在家，只有阿尔弗雷德和马格达在家里照顾我。

"你估计咱们还得往下走多远？"我问。

我的呼吸愈发沉重。我感觉自己被囚禁在宇航服里，而宇航服在一个电梯里，电梯在一个深深的山洞里。我似乎从来没这么害怕过。头盔的面罩里用绿色的数字显示着我的心率——每分钟 126 下，然而我只是站在电梯里一动不动。

"还得挺远呢。"乔说。

"你以前来过这里？"

"其实也没有。但你不用害怕。"

其实也没有？这算是什么回答？我现在最好还是别多问了。

我想起来，之前确实有过一次比现在还要害怕的经历：那天我走到父亲的工作室里，想问他一个问题。那个问题在我脑海里已经盘旋了很久很久，但最终我还是因为太过害怕，惊惶而逃。让我那么害怕的问题是：父亲到底爱不爱我？

第十章

嗖⋯⋯哐！

就在电梯撞到深洞底部停下来之前，晃动似乎更剧烈了一些。难不成电梯撞到了别的东西才停了下来？

"电梯已经到底了吗，还是还悬空着呢？"

"我也不知道。"乔说，"别总这么一惊一乍的。"

我推了推门，门只开了一条细缝，不到 20 厘米宽。门口似乎被什么东西挡住了，或者是电梯停得有点儿早了。

我俩一起用尽全力去推门，但没有任何效果。

一阵强烈的惶恐涌上心头，我好想逃跑。

我按了按电梯里向上的箭头，但不管用。

我想试试用长矛把电梯门撬开，但又怕把长矛弄坏了。

应该是电梯没下降到底，所以门打不开。

乔开始原地跳，想让电梯坠下去。

我也跳起来。

我们跳啊，跳啊，跳啊……

但电梯还是一点儿动静都没有。现在我们被困住了，没有吃的也没有水，除了跳，什么办法都没有。恐怕我们要死在这里了。

我口干舌燥又头晕，汗水冒了出来，心率已经上升到了每分钟 136 下。我想吐。这讨厌的电梯还是一动不动。要是继续这样跳下去，恐怕我很快就会晕倒了。

但乔还是继续跳着，一上一下，一上一下，一上一下，一上一下，一上一下，一上一下，一上一下，一上一下，一上一下……

嘭——吱——

电梯又向下沉了几厘米。

这几厘米就足够了。我们再推门的时候，门终于开了。

唉！

温度
56℃
湿度
12%

13:46:21

扫描周围环境
没有发现目标

乔

第十一章

在乘电梯下来的一路上，智能头盔都在时时监测着周围的环境，头盔从没向我发出过有关毒气的警报。

在来这个岛的路上我闻到过硫黄的气味，但我并不能因此确定这真的是一座火山。如果真是火山的话，我们脚下再深入几米会不会就是流动的岩浆？更深的地方会不会是一片火海？

我们从电梯里钻了出来。周围的空气更暖和了，我感到宇航服很快就根据环境温度做了调节。这让我不得不承认，这宇航服设计得确实不错。要是父亲把他的才能用到制造武

器装备

之外的东西

上，该有多好。

乔已经摘下了头盔。他一点

儿汗也没出，只是揉揉眼睛。

"还挺顺利的嘛，"他说，"你爸知道我们来看他，肯定

挺高兴。"

我也摘下了头盔。

哇！这种畅快的感觉真是前所未有，之前一路上我就像

只能用堵塞的鼻子呼吸一样不痛快。

我们周围安静极了，一点儿声音都没有。

几乎一点儿声音都没有。

从我们头顶传来奇怪的嗖嗖的声音，空气也像被什么巨大

的东西扰动了。地底下也不应该刮风啊！但空气确实是在流动。

乔照亮了洞穴顶部——我们看到无数透明的、会飞的……

水母蝙蝠！

第十二章

"快把头盔戴上！"乔尖叫道。

我在最后一刹那戴上了头盔。头盔一侧的边缘甚至切开了一只飞过来的水母蝙蝠的嘴，所以现在我的头盔里面有几颗水母蝙蝠牙齿。一股酸水从胃里涌了上来，我只好努力把它咽下去。真吐在这封闭的头盔里面可不是闹着玩的。

水母蝙蝠从四面八方向我们扑过来。它们张着大嘴，露出像小钢针一样尖利的牙齿。它们用牙齿咬我们的护目镜，还在我们头上留下了好多透明的黏液，实在恶心极了，但好在这黏液似乎并不会给宇航服造成什么伤害。

我举起长矛，按下了旁边画有喷头样式的按钮。

长矛扭动了一下，里面的泵或者类似的东西启动了，一股明亮的黄色液体从长矛尖部喷射出来。我前后摆动长矛，矛尖在头顶上晃着。

57

被黄色液体喷到的水母蝙蝠就像被雨打湿了的磨菇一样，湿答答地掉在了地上。一部分水母蝙蝠逃走了。

看来这长矛里装着毒液一类的东西。

"哇！"乔看着躺在我们脚边抽搐的水母蝙蝠，通过内部通信系统发出了一声惊叹，"这些水母蝙蝠是透明的，里面的肠子和胃我都看得清清楚楚，简直就像机器人里面的电线和电路板一样。这个星球上到处都是奇怪的生物，一个比一个奇怪。这些水母蝙蝠太恶心了，所以我现在也不觉得它们值得同情。"

"你之前见过这种生物吗？"我问道。

"嗯……"乔抬起手想揉揉眼睛，但他忘记了自己戴着头盔，"没有，但我听说过它们。"

"从谁那儿听说的？"

"从几个住在这座岛上的男孩子那儿。你还没见过他们吗？"

我当然见过他们，那些金头发蓝眼睛的男孩子。他们虽然是孩子，却是危险的孩子。我听说他们是克隆人。

好多关于父亲的传说到最后都被证实是真的。父亲竟然
制造出一支克隆童子军来保护自己，这更说明了他比我想象
中的还要疯狂。

“能把你的长矛借给我看看吗？”乔使劲揉着眼睛问道。估计他是对什么东西过敏了。

“过一会儿吧。”我说。

乔有点儿失望。

我们检查着周围的环境。头盔上的灯一直开着，洞穴周遭似乎比刚刚更昏暗了。

“你爸爸喜不喜欢超人？你看他造出了这么多厉害的连体服啊、武器啊什么的。”

“我不知道。或许吧，至少他收藏了全世界最值钱的蝙蝠侠漫画。虽然只是漫画，但我听说父亲在这上面花了好多好多钱。”

“我看过一部老的蝙蝠侠电影。”乔说。

“嗯。好久以前蝙蝠侠也出过漫画杂志。父亲花了 3400 万克朗的巨资买下了原版第一次印刷的蝙蝠侠漫画。他很喜欢超级英雄，所以蝙蝠侠可能是他的偶像吧。”

“3400 万克朗是很多钱吗？”乔摘下了头盔，问道。

“挺多的。”

“说不定他是想把这儿改造成蝙蝠侠的山洞，”乔说，“你看这儿本来就有蝙蝠。说不定你爸还有个神秘的帮手，还有各式各样的危险武器……”

"肯定有，我……"话说到一半，我忽然觉得心脏像被人攥住了，甚至不能呼吸。

我看到乔把手指直接戳到眼睛里，把眼球摘了出来。过了几秒钟我才反应过来，他其实是摘掉了隐形眼镜。

但真正的问题并不在此。就在他把隐形眼镜戴回去之前的那一小会儿，我注意到他的眼睛并不是棕色的，而是与那群克隆男孩子一样的蓝色。难道乔也是他们当中的一员，是克隆人？可他和那些男孩子比起来瘦小多了。但他回答我的问题的时候总是有所隐瞒，似乎他知道很多却不愿告诉我——会和他的真实身份有关吗？

神秘的帮手。

第十四章

"没事吧?"乔问道。

"没事,就是有点儿渴,"我说,"这儿太热了。"

"没关系,一会儿就过去了。"他把手搭在了我的肩膀上。我扭过身去,让他不得不把手拿开。

我盯着他,他也严肃地盯着我,用他棕色的眼睛。

我到底该怎么办才好?我处在这个深洞中,只有个克隆的孩子陪伴,我甚至不知道他到底是谁,他说不定很危险。所以我必须随时保持警惕,晚上恐怕也不能睡觉,说不定一旦睡着,就再也醒不过来了。一想到这儿,我就觉得更累了。

"你好像很害怕,想什么呢?"

我深吸了一口气。

"我给你讲个故事吧,"我说,"之前有一次我也特别害怕,我告诉你那次后来怎么了。"

"好吧。"乔说。

"在地球上的时候，我们家特别大，就像城堡一样。家里装了各种高效的安防系统。要是真有人不经过我们允许就进到院子里来，说不定会被直接开枪打死。我们装了很多电子设备、电网，还有肉眼不可见的激光，说不定还有地雷，我也不知道父亲还装了什么。想来我家直接按门铃肯定是行不通的，必须提前预约好时间，才能避免发生意外事故。当然，其实也没有几个人敢来。"

"为什么？"

"你肯定知道，我父亲曾经是地球上最有钱的武器制造商吧？"

"嗯。"乔说。

"你见过他吗？"

他有些犹豫。

"见过，很短暂地见过一面。但我没和他说过话。"乔又开始揉眼睛了。

我几乎就要脱口而出了，问他到底是什么时候、在哪儿见过我父亲，但我最终还是决定先不问为好。

"我母亲就对这些警报系统不那么在意。有一天我自己在家的时候，有人来按门铃，说是来送花的，是母亲订的。

我知道母亲很喜欢鲜花，但我不明白他们是怎么顺利地走到门口的。那天阿尔弗雷德和马格达都不在家，所以我就没有开门，不想让他们进来。我通过监控摄像头看到这些声称是来送花的人，他们看起来很可疑，但我以为不开门、待在家里就是安全的，我们家可是有最先进的安保设备的。"

我深吸了一口气。

"但我错了。他们到底还是进到房子里面来了。他们肯定是黑客，攻击了安保警报系统，虽然从理论上来说这并不可能。我在最后一刹那钻进了一个小房间，这是专门为应对危险情况而设置的避险逃脱的地方。"

"后来呢？"乔问道。

"应急用的小房间本应该是自动上锁的，但不知怎么回事，他们竟然打开了那扇子弹都打不穿的厚重的金属门。"

"他们是怎么知道你们家这个应急避险的小房间藏在哪儿的？又是怎么攻击你们的安保系统的？"

"对啊，我也想不通。"

乔紧张地看着我，棕色的大眼睛一动不动。

"事后我才知道，是父亲撒了谎。他们其实是父亲派来的，父亲给了他们进门的密码等可以通行的一切信息，所以他们才一路畅通无阻。父亲是想测试我。"

"哇，"乔说，"这也……这也太狠了。那你怎么办？你那时候也不过是个小孩子罢了。"

"我从显示器里监视着他们。我跟你也说了，我家到处都装了摄像头。所以等他们来到我藏身的小房间时，我已经准备好了——把手枪拿在手里，而且我也会用。"

有那么一会儿，我们俩谁都没说话。

"你开枪打他们了？"乔最终问道。

"开枪了。"

"你真的把他们……"

"当然。父亲肯定也不相信我真的会开枪。但是，'砰'！有人欺骗我，隐瞒危险的事不告诉我，我就会开枪的。"

我盯着乔本不是棕色的大眼睛。

"那些想骗我的人都应该注意了！我超级聪明，即便睡着的时候也随时保持着警惕。砰！"我说。

"好吧，"乔悄悄说道，"好吧。"

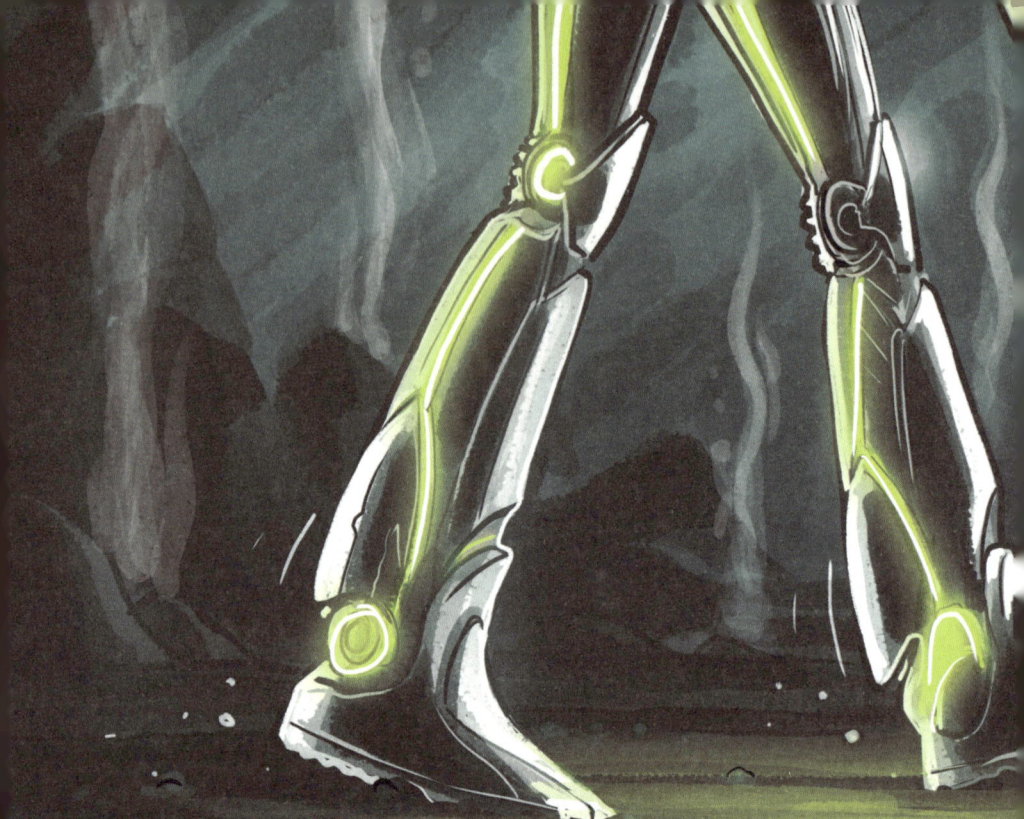

第十五章

其实我并没有真的杀过人，甚至都没有给人造成过重
伤。但现在乔一言不发，看起来怪怪的，显然是相信了我的

谎话。这正是我想要的。

　　我们就这样在沉默中小心翼翼地继续前行。走廊的墙壁很干燥，也就是说这个洞穴里的湿度并不大。我以前一直以为洞穴里面肯定是湿乎乎的，墙壁上、洞顶上永远滴着水。但这里却很干燥。石壁暖暖的，可能和火山活动有关。

我们眼前忽然出现了一个小小的、黑色的、没有一丝波浪的湖。或者它甚至算不上湖，顶多算个小水塘罢了。水并不算暖和。

我有点儿紧张。我们必须蹚过这个小水塘，而我们已经知道这颗星球上满是看得见和看不见的神奇生物。

"你看咱们怎么办好？"我问道，"这水深吗？水里有什么危险吗？"

"我……我不知道。"乔说。

我捡起一块石头丢进了水里。周围有不少像火山喷发后留下来的石头。我又丢了几块。

石头掉进水里就看不见了。之前有一次与奥利维亚、阿里和乔尼在一起的时候，我们见到一条巨大的水蛇从水底突然冒出来，吓了一跳。

水塘另一侧的墙上隐隐显示着又一个用绿色荧光涂料画的箭头。看来我们得过去才行。远远的洞穴顶部好像还有个小摄像头，我看到了一个小红灯在闪烁。有人在监视我们。

说不定水很浅，直接蹚过去就可以了。

我蹚进水里还没走几步就心生犹豫，又退了回来。水下好像有什么东西动了一下，是我的错觉吗？

这洞穴里可并不刮风。

我记得阿尔弗雷德告诉过我，大到可以吃人的鳄鱼也只需要四五十厘米深的水来藏身，因为鳄鱼体形扁平，藏在水里很难被发现。说不定这水底也藏着类似的危险动物，毕竟我来这岛上骑的就是坦克海豚。

我用长矛的尖划了划面前的水。

还是什么动静都没有。

慢着……

是的！我看到水面上有一处动了一下。

"把你的背包给我。"我悄声对乔说。

他把背包摘下来递给了我。

我捡起两块相对大一些的石头，放进他的背包，然后把
背包旋转起来。

"别啊！"乔一声惊叫，"别！"

我撒手了。

哗啦！

也就过了几秒，从水下跃起了一只黑色的、浑身覆盖着铠甲的生物。它跃出水面，像吞小汉堡一样一口吞下背包，随即消失在了水下。几秒之后水面又恢复了镜面一样的平静。

75

"哇！看来这里的动物吃相都不怎么斯文。"我的心怦怦直跳，声音都跟着颤抖。

"你这傻瓜！"乔尖叫道，"你把背包扔出去之前至少先把里面的东西掏出来嘛！里面有急救包，还有小刀，还有点儿吃的呢。"

我盯着水面，根本看不出那怪物现在藏身于何处。蹚水过去恐怕并不是个好主意。

但是还有别的办法吗？

我想到长矛上面那个画着箭头的按钮。要不试试那个？但那个按钮的功能我还不了解。

"看来你爸并不想被任何人找到。"乔说。

"恰恰相反，"我说，"你看墙上是他用荧光材料画的箭头，在黑暗当中也能看得清清楚楚。他很喜欢把别人耍得团团转。"

快想想办法啊，玛丽，动动脑子。

那黑色的、浑身铠甲的怪物就在水里，估计还没吃饱。如果是另一个人身处我的境地，他会怎么做呢？掉头离开？虽然乔可能是个克隆人，或许还很危险，但他到底还是个小孩子，需要人保护。身为克隆人又不是他的错。

"对不起，乔，我真是个傻子。"

"对啊，你确实是。"乔说。

第 十 六 章

"你现在就回去吧，乔，我不需要你。"

"但是……要是你需要帮忙呢？"

"不，我不需要。回去吧，坐电梯上去，离开这个洞穴，去海滩上，找头坦克海豚，让它载你回到营地。你还是个小孩子，我不用你帮忙。我是认真的，这是为你好。"

他棕色眼睛里一闪而过的是泪水吗？

我实在是累极了。有乔在我身边只会让我更加焦虑。我总是害怕如果我睡着了，长着蓝色大眼睛的乔会过来杀了我。

"可是……"乔刚刚开口。

我打断了他："现在就走吧。"

乔看起来既惊讶，又伤心。其实说出这句话后，我也是同样伤心的。但是我尽量控制自己，并不去同情他。可惜的是，我从来不太懂得如何与人相处。

"你走吧！"我第三次说，"对你来说这里太危险了。"

"可是……"

"不许跟着我。我可不想让你因为我发生什么意外，甚至死掉。水里说不定还有更多鳄鱼怪或者别的危险的怪物。我自己没事，跟着那箭头走总是会找到地方的。"

"可是……？"

"不行。"

乔终于走了，但没走几步就转过身来看向我。停了一会儿，最终他还是扭头走开了。

我看着他，直到他消失在黑暗当中。

我决定现在什么都不乱想。我做了个深呼吸，加速跑起来，一下子冲进了池塘。我跑得飞快，就像只尾巴下面沾着芥末的猫一样。开普勒 62e 星球上的鳄鱼怪并没有跳出来吃我。或许它还在消化刚刚吞下去的那包东西，或许它觉得我不好吃。

第十七章

没过三秒钟，我已经冲到了池塘的另一端。或许这小池塘里只容得下一只鳄鱼怪。

我不知道父亲是不是一直在监视着我穿越洞穴。或许他比我想象中更了解我。或许他知道，过程越是艰难，我越是想找到他。

但我实在想不动了。我太累了。我在嶙峋的岩壁上找到一块小平台，爬了上去。不管周围有多少危险，我得睡一会儿才行。我像猫一样，睡觉的时候也睁着一只眼睛。要是阿里、乔尼、敏俊或者斯温特莱纳在这里就好了，我们就可以轮流放哨，轮流休息，积攒一些力气，还可以一起开开玩笑。我一直以为自己喜欢独处，但现在我不得不承认，还是有朋友在身边好。

刚刚那"咔嚓"一声到底是什么？不会是……不可能是我想象出来的吧？

第十八章

妈呀!

一阵嚓嚓的脚步声传过来，我背上的汗毛都竖起来了。

我站起来，两手紧紧抓着那支长矛。

一只巨大无比的、圆滚滚的、瞎眼的蜈蚣沿着洞穴向我冲了过来。原来它住在洞穴里。我和阿里、乔尼在一起的时候，也曾在一个洞穴里遇到过一只。那时那只蜈蚣只是在我们身边走过，但这只却向我冲了过来！我想它肯定是闻到了我的味道。我想起那时阿里管这种怪物叫"震音"，但我不知道他为什么给它起这么个名字。

我的手心出汗了。震音张着大嘴冲过来，它的嘴巴大到可以一口吞下一辆公交车。它现在冲着我过来了！

我将长矛对准它，按下了那个画着箭头的按钮。长矛扭动了一下，一个尖利的东西从里面射了出来，在空中爆炸了。只可惜我射偏了，那箭头扎进了石壁里。游戏到此为止。

借着肾上腺素给我的力量，我扭头向池塘的方向冲去。这大蜈蚣甩着上千只脚跟在我后面，发出的声音就像在甩鞭子一样。跑到水边我停了下来，飞速向后瞥了一眼。震音身上的恶臭席卷而来。我想它恐怕很不聪明，因为它完全没有减速，张着大嘴冲进了水里。我一闪身堪堪避开了它。

水下也像发生了爆炸一样。刚刚吞下一书包东西的鳄鱼怪现在来了食欲。

震音和鳄鱼怪展开了殊死搏斗，简直就像动画片里的搏斗场景。它们互相撕咬，直到水面上漂起一块一块的残肢和血肉。这是一场势均力敌的决斗，它俩都赢了，也都输了，最终剩下了两具尸体。

找瘫倒在地，实在是太累了。要是现在再来几只宸音或者鳄鱼怪，就让它们吃了我吧，我实在顾不得了。我真不适合在这个星球上生存。

我闭上了眼睛。"现在你可以休息休息了。"我对自己的大脑说。

第十九章

"玛丽……"我听到有人小声叫我的名字。

我从地上弹起来半米高，抓起长矛，对着站在我身前的身影按下了喷射按钮。

但那个人甚至一点儿都没有躲闪。我这才看到，原来他身上也穿着和我一样的高级连体服。而且，长矛里的液体已经用完了，现在什么也喷不出来了。

"我不想回营地去。其实没有谁需要我回到他们的身边去。"

我长叹了一口气。

"真的没有吗，乔？一个人也没有？"

"自从我离开 J 区之后，我就再也没有朋友了。在 J 区的时候，有我和几个男孩子，另外还有一群从家里跑出来的流浪儿。那些流浪儿的处境还不如我们，他们被关在笼子里，就像动物一样。满 13 岁的时候他们就消失了。所有人都特别期待

13 岁的生日。但我不知道他们离开之后都发生了什么。"

"J 区是什么？"

"我在 J 区度过了童年。当然我也上学什么的。在那儿，有人给我们做好饭，我们要接受各种格斗和力量训练，但我并不怎么擅长那些。后来我们就被送上宇宙飞船，飞到这儿来了……"

乔看起来忽然变得很紧张。

"他们不让我说，我手臂上也有个数字文身，就像别的流浪儿一样。你想看的话，我随时都可以给你看。我们都没有妈妈。"泪水涌上了他的眼睛。

我思索了一会儿，用很随意的语气问道："但是你是棕色眼睛？"

乔神色恍惚了一下。

"是，但也不是。"他最终说道。

"是又不是？"

"他们给了我棕色的隐形眼镜要我戴，所以我的眼睛总是特别痒。其实我是蓝眼睛。"

嚯，乔居然说了实话，真是让我诧异。

"他们为什么让你戴隐形眼镜？"我问道。

"我也不知道。他们让我做什么我就得做什么。"

"我明白。"我说，"我估计他们是不想让人看出来你是克隆人。"

"什么？你说什么？"乔一脸震惊的样子。

"你把隐形眼镜摘掉。"我说。

"我不敢。"乔说。

我考虑了一会儿。难不成他不知道自己是克隆人？怎么可能呢？我有点儿可怜他了，他几乎可以算得上诚实，更何况他也不像另外那几个男孩子那样强壮。

"你……你人挺好的。"我说。我估计，如果我跟他解释，只会越来越乱。

"但是你刚刚说……'克隆人'是什么意思？"

"克隆人，嗯，就是从同一个细胞长出来的人。我记得我父亲参与启动了一个克隆人的项目。因为是从同一个细胞克隆出来的，所以克隆出来的人都完全一样。我想大概是这个意思……我听说有个克隆孩子的什么项目。"

乔尼要是在，肯定能比我解释得清楚多了。

"所以那些男孩子其实就是你的兄弟，"我说，"也正因为这个，你才没有妈妈。"

最后这句或许不该说，因为我刚说完，乔就露出一副伤心欲绝的样子。

91

"但是……我和他们并不一样啊。我很瘦，也没有那么高。"

"我也不知道为什么。"

"肯定是因为我失败了，"乔说，"我是个失败的克隆人。"

"别这么想，你挺好的，乔。"

乔盯着我看了一会儿，忽然跳过来抱住了我。他抱了好久。我们隔着连体服，动作显得很笨拙。

但拥抱却让人感觉很好。

"我很幸运能和你在一起，玛丽·瓦利为。你父亲之前每年会来 J 区看我们一次，还和我们聊天。他说他是我们所有人的父亲。你和我其实有同一个父亲呀。"

真是够了。

我从他的拥抱中挣脱出来，把他推远了一些。现在不是培养感情的时候。

"还有件事，"我说，"你说你之前没来过这里。但是我猜你其实来过这个岛上，甚至来过我们现在在的这个地方。"

"嗯……是来过。"乔说。

"你也来过这个洞穴？"

"嗯……对。"

"你为什么要撒谎？"

乔抓了抓鼻子，又揉了揉眼睛。他的眼睛还是湿湿的。忽然，他定在了原地，像机器人一样盯着前方。

"我是被逼的，"他用单调的声音说，"都是他们逼我做的。"

"好吧。这山洞里还有没有别的路可走？"

"没有。"

"你还记不记得我跟你讲的，那几个进入我家应急避险小房间的人后来怎样了？"我问道。

我猛地把乔推到了墙边。

他又变回了他自己。

"你知道的比你告诉我的多。你是在执行什么任务吗？有人让你抓住我或者杀了我？你到底要干什么？"

乔吓得脸色苍白，猛烈地摇头，我甚至害怕他把头摇掉了。他戴着隐形眼镜的眼睛里流下了泪水。

"我要是你，就会小心一点儿。"我用生气的语气说。但其实我感觉自己像做了错事。我想请求他的原谅，告诉他我只是想让他告诉我实话，告诉他吓唬他的同时，我也害怕。

就在这时，一股猛烈的充满动物气息的恶臭钻进了我的鼻孔。一刹那，我感到血管中仿佛注入了一剂肾上腺素。我熟悉这个味道。难不成，在这儿也有……？

第 二 十 章

"在电梯上我们看到的毛是什么动物的？"

"是一种像熊的动物的。"

"那些嘶吼的动物？"

乔点了点头。和嘶嘶兽比起来，他好像更害怕我。

我们把头盔戴上。我下意识地伸手摸了摸我的博纳萨手枪，这把手枪一直像我身体的一部分一样，只是它没长在身上而已。

一群嘶嘶兽从黑暗中慢慢走出来，很有秩序地聚在我们周围。它们各自抓着一支棍子，很有节奏地敲击着地面。看来没人给它们提供武器的话，这是它们自己能制作出来的最高级的武器了。

　　嘶嘶兽平时总是挤在一起，一刻也不安宁，但现在它们似乎是在等待着什么。难道是在等谁发出命令？

这些嘶嘶兽肯定是经过神经改造了，被父亲或者那几个克隆人男孩控制着。不，肯定是父亲，父亲一定是把遥控器牢牢地掌握在自己手里。他觉得遥控活着的人和动物要比打电脑游戏有趣多了。

平时我还算思维敏捷，但现在我的脑子忽然转不动了。嘶嘶兽实在数量巨大，即便它们不立刻发起进攻，我也要被它们身上发出的恶臭熏死了。

"按那个有火焰标志的按钮！"乔说，"火焰只够烧一分多钟，但这已经足够我们穿过它们跑出去！快，马上！"

我按下有火焰标志的按钮。一股明亮的橙蓝色火焰从长矛一头喷射出来。

"哟哟！哟哟哟！"

嘶嘶兽们嘶吼起来，一边跳一边跺脚。

乔拉住我的手，我们俩冲了出去。

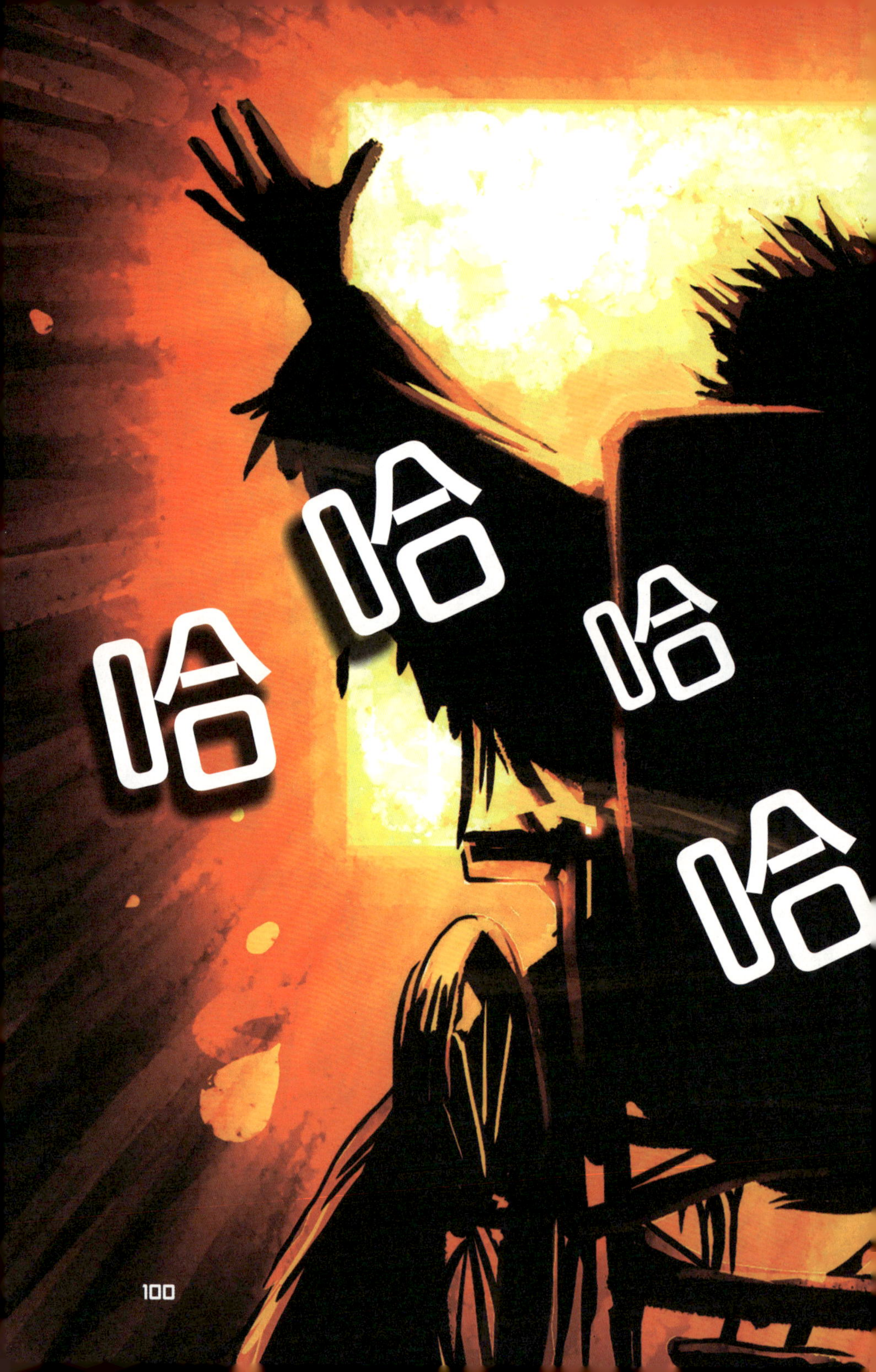
哈
哈
哈
哈

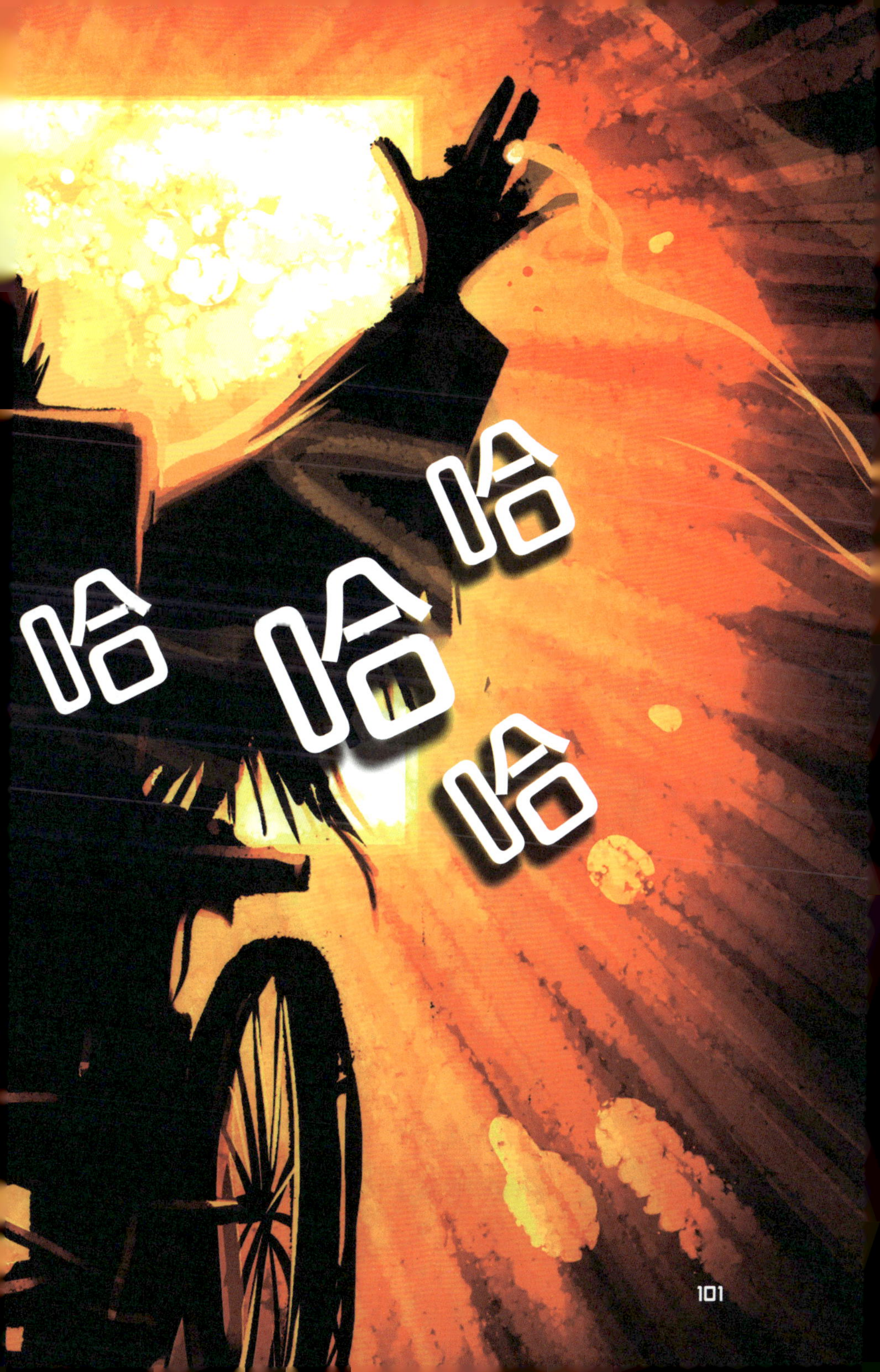
哈
哈
哈
哈

第二十一章

我们沿着洞穴向前跑，洞穴微微向下倾斜。

我从来都不擅长运动，跑步自然也不快。

但是看我身边的乔，他跑起来简直像个机器人！看来即便是失败了的克隆人也比普通人要矫健多了，至少比我这种懒虫矫健多了。

咝咝！ 咝咝咝！

嘶嘶兽们争先恐后地跟在我们身后。我以前也听到过它们奔跑的声音。长矛里射出的火焰只给了我们几秒钟的优势，现在，我已经感到嘶嘶兽似乎伸手就能碰到我。

现在即便是吐血也得继续跑。把后面的一只脚迈到前面去！跑啊！忽然我摔倒在地。乔一把把我拉起来，拉着我继续向前。

"玛丽！看哪，有扇门！"

难道是真的？可这扇门是从哪儿冒出来的？

我拉开门，跟跄着冲了进去，然后把门从我们身后"嘭"地关上。嘶嘶兽们在门外拼命敲打着，但我知道，凭它们的智商是打不开这扇门的。

简直太巧了，巧得让人不敢相信这是真的。就在一群嘶嘶兽拿着棍子快追上来把我们当晚餐吃掉的时候，这扇门竟然凭空出现了，救了我们。

真的太幸运了。我们俩都松了口气，摘下了头盔。

但我还是很难相信乔说他并不熟悉这个洞穴。他至少熟悉洞穴里的大部分地方。最开始就是乔告诉我可以骑坦克海豚来这座岛上的。他甚至随身带着可以召唤海豚的木哨，还了解我手上长矛的各种功能。他知道那部电梯和池塘里的鳄鱼怪。他还知道些什么？

"你怎么……" 我刚一开口，头就被人用袋子或者其他
什么东西罩住了，手上的长矛也被夺走了。

第 二 十 二 章

原来，我们是掉进了陷阱！

别慌张，别慌张，别慌张，别⋯⋯

没有人说一句话。我被推搡着前进，就像一只被赶的奶牛或者绵羊一样。

从我周围传来一些脚步声，我区分出当场不止一个人。这不是大蜈蚣嚓嚓的脚步声，也不是浑身散发恶臭的嘶嘶兽的像熊一样的脚步声，而是人的脚步声。而人，是最危险的动物。

从理论角度，我知道即使头上蒙着布，自己也完全可以呼吸，但我还是觉得喘不过来气。幽闭恐惧症将我裹挟在一片密不透风的黑暗中，我的心脏好像要爆炸了。我知道，这要么是恐慌发作，要么是我真的快死了。

"请你们把袋子拿掉吧。"我用恐慌、沙哑的声音说道。这简直不像我的声音。

没有人回答我，袋子仍旧严严实实地套在我头上。

"你们让我做什么都行。"我用细弱的声音哀求道。

袋子终于被拿开了。过了一会儿我的眼睛才适应了周遭的光亮。

我想吐。

他们就站在我面前，我并不惊讶。这四个蓝眼睛、金头发的男孩子就是父亲制造出来的迷你克隆人军队的成员。

我注意到这个房间并不奢华，也不舒适。墙壁就是裸露的岩石，和洞穴的其他地方一样。但是这里点了灯。这里会是他们的大本营吗？房间里有几个箱子，还有一些从飞船上拆下来的东西。除此之外就只有一个冰箱，间歇地发出嗡嗡的声音。这里并没有高精尖的科技产品。

乔到底是不是他们计谋中的一枚棋子？还是乔其实只知道这洞穴的一小部分情况？他头上还套着跟我刚才套的一样

的袋子。他知不知道他们的计划？现在的乔看起来不怎么危险了。

我努力让心率和呼吸平复下来。我觉得自己简直像个傻子，其实头套在袋子里也完全不影响呼吸，但我刚刚就是几乎不能呼吸。

"你刚才说的是真的？"金头发男孩的头领问道，"做什么都行？"

才不，这听起来可不是个好主意。

"嗯。"恐惧似乎攥住了我的胃，我轻声地回答他。

金发男孩的头领盯着我看，他知道当下的情况和我们上次相见时大不相同了。

"那我们就进行威廉·退尔（Wilhelm Tellit，缩写为"WT"）计划。"他说。

第二十三章

　　我一点儿也不喜欢他们这个计划。父亲之前给我讲过威廉·退尔的故事：威廉·退尔被迫用弓箭射穿顶在他儿子头顶的一个苹果，只有一次机会。如果他不愿意射的话，他和儿子都会被处决。好在威廉·退尔箭法精湛，并没有发生意外。我一直觉得父亲并没把这个故事讲全，但我知道射箭的这一段是他最喜欢的内容。

　　"你这个叛徒！"金发男孩的头领对乔说，"你把她引到这里来，就是为了让她攻击我们，甚至攻击她父亲。是你把她引到了我们这个隐秘的藏身之处的！"

　　"不是……"乔的头还在袋子里，他咕哝道。

　　金发男孩的头领点点头，又对我微笑了一下。

　　"你爸说你枪法很好，是他亲自教你用枪的。现在咱们就看看你的枪法到底如何。"

　　金发男孩的头领把一颗像苹果一样的水果放到了乔的

头上。

"玛丽。"乔说道。

他的声音细极了，像尽力憋住哭声似的。我看到他浑身发抖。

"要是玛丽成功地用箭射穿这颗开普勒苹果，我们就放你走。但是射太高了不行，而且最好也不要射得太低，哈哈哈，哈哈哈。"

我深吸了一口气。

"我要是不同意呢？"

金发男孩们夸张地模仿着漫画里的人物，邪恶地大笑起来。带头的男孩挥了挥刚刚还套在我头上的袋子。

"好吧。"我沉默了好一会儿之后说，"反正我们无论怎样都是输了。"

"我用什么射？"话刚出口我就知道了答案。我按下长矛上标着字母"WT"的按钮。原来"WT"就是威廉·退尔的意思。所有的这一切都是他们提前设计好的。

长矛"咔嚓"一声，就变成了一张弓。在弓的一侧的一个小盒子打开了，露出了里面一支又轻又细的箭，估计是钛合金的。钛合金是父亲最喜欢的金属。如果可以的话，我甚至怀疑父亲会每天拿钛合金当晚饭吃。

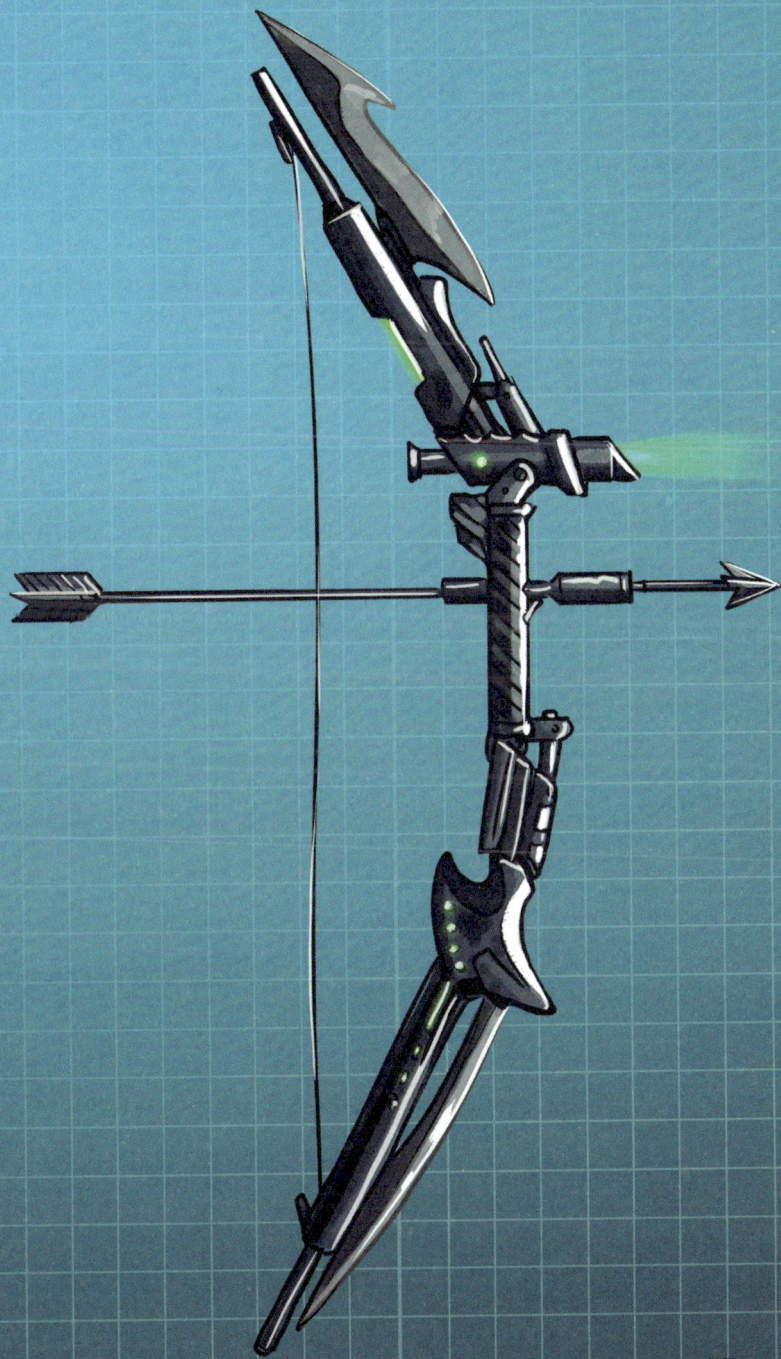

113

现在我终于清楚了长矛上这个 WT 按钮的作用。

有人早已设计好了在这儿发生的一切，包括每个细节。我感到毛骨悚然。这种精心设计的邪恶最让人恐惧。

"你准备好了没有？"那个带头的金发男孩问，"我们都看着呢。要是你故意不射中就算作弊，而作弊的惩罚是……呵呵，你知道的。"四个金发男孩一齐像漫画里的邪恶反派般大笑起来。

第二十四章

乔站在那儿一动不动。

为了确认他确实什么也看不见，一个男孩走过去做出挥拳打他的动作，拳头几乎要擦到他的鼻尖了才停下来。乔一点儿反应都没有，所以我想他应该看不到我。

"你站在这儿。"带头的金发男孩像推洋娃娃一样把我推到

了一个位置，"现在射击距离是 6 米，这对你来说应该不难。"

"要是射高了就算作弊，作为惩罚，我们就要把你们锁在这里一辈子。要是射到苹果下面，我们就放了你。要是射中了苹果，我们再讨论以后怎么办。"

过了半秒我才反应过来射到苹果下面意味着什么。

不，无论怎样我都不该同意这个计划。弄不好我会杀了乔。

我深深吸进空气，又缓缓呼出，张嘴想告诉他们，演出结束了，威廉·退尔的一幕不会上演。

但我还没来得及说话，所有人就扑通扑通地跪在了地上，眼睛看着地面。哈！他们终于明白在这儿谁是老大了！

第二十五章

我还直直地站着，甩着手。

"射啊。"身后传来一个声音，我顿时泄了气。

那声音并不大。

我不想转身，却不得不转身。

119

父亲坐在轮椅里。这个轮椅大概是克隆男孩用从宇宙飞船上拆下来的材料组装的。比起我上次见到的他，现在的他更显病态，而且面带疑惑。他戴着一只手环，上面有个红色的按钮。那只手环是测心率用的吗？我又注意到他手上拿着一个遥控器，这可比那只手环让我害怕多了。

"威廉·退尔？我可不想参与你变态的计划。"我说着放下了手中的弓。弓被带头的金发男孩迅速地夺走了。

父亲用全世界最黑的眼睛盯着我。

"那我就来做威廉·退尔，"父亲说着，向跪着的金发男孩们点了点头，他们毫不迟疑地站了起来，"全世界都要跪在我面前，我会拥有全世界。我就是全知的导师。"

哼，"全知的导师"。父亲不光比我想象中更变态，还更疯狂。

"把弓拿过来，乔就和我亲儿子一样。"

金发男孩的头领冲到父亲面前，递上了弓。

"你们走吧，让我们待一会儿。"父亲向金发男孩们点点头，他们鱼贯而出。他们绝对也被父亲做了神经改造。

现在房间里只剩下三个人：父亲、乔，还有我。

周围安静极了。

我等着，却不知道自己在等什么。

"你——乔，你一直想和他们不一样。但是隐形眼镜之下的你，还不是和他们一样有蓝眼睛？你以为你能骗过掌握着全世界的全知的我吗？"

乔轻咳了一声。

"没事的，乔，虽然必须承认我的手没有原来那么稳了，但我肯定不会射偏的。"

父亲把箭搭在弓上，拉紧了弓，瞄准，我甚至能看到他的手在抖……

但是就在那一刹那……

第二十六章

　　就在父亲松开手让箭射出的一刹那，我跨出一大步冲到了乔的前面。箭射到了我的胸口上。瓦利为帝国设计出的两种最顶尖的科技产品：用钛合金制成的足以射穿所有铠甲的箭，同样是用钛合金制成的足以抵挡所有箭的铠甲，迅猛地相撞了。

好在幸运之神站在了我这一边：箭头射到离我心脏还有几厘米的地方就停住了。

"嚯！"父亲深吸了一口气，说道，"你跑得可够快的。玛丽，有潜力。"

我转过身去看着父亲。刚刚吓到他了吗？但我看到他正用博纳萨手枪指着我。这把手枪本来是我带到开普勒 62e 星球上来的，但不知怎么却找不到了。父亲是怎么拿到它的？真可恶，父亲总是比我更狡猾。

"好吧，开枪吧，"我把箭从胸口拔下来，放进连体服大腿外侧的口袋里，大步走向父亲，"开枪杀死你的女儿吧。"

父亲坐在轮椅里动了一下，但最终还是放下了手枪。

"别那么紧张嘛，"父亲说，"乔，你也可以把头上的袋子拿下来了。大家都是朋友。"

乔肯定是吓坏了，像个断了电的机器人一样站在原地一动不动。威廉·退尔的闹剧上演了那么久，他一点儿都没出声。

我走过去，摘下了他头上的袋子。他的眼圈红红的，像发炎了一样。他摘下手套，拼命地揉着眼睛。

"没事了，乔，有我保护你。"我说道，"但是现在把那副隐形眼镜丢掉吧！"

他面无表情地盯着我，摘下了隐形眼镜。

就在那一刹那，我注意到，他的右眼里有什么闪了一下！原来这棕色的隐形眼镜并不是为了掩饰他那克隆人的蓝眼睛，而是为了不让别人发现，他也经过了神经改造。

第二十七章

呃！

刹那间乔就用手臂扼住了我的脖子。他的手臂简直像钢铁一样坚硬。

我快喘不过气来了。

乔依旧面无表情地盯着我。

我又头晕又想吐。我看了一眼父亲，他正拿着遥控器。他一直喜欢假装自己是上帝，遥控被改造了神经的嘶嘶兽和人。以前他还试图对我进行神经改造。奥利维亚看错了，我们父女两人绝不可能成为朋友。

乔的手臂越勒越紧。

越来越紧。

越来越紧。

我动不了，也说不出话，眼里满是泪水。

瘦弱胆怯的乔变成了杀人机器。

我闭上眼睛，很快就会晕过去了，现在什么都思考不了。

虽然脑子似乎停止了思考，我的身体却做出了自然的反应，它想活下来，它努力地保护着自己，不让我死掉。我甚至不知道自己从哪儿来的这最后一丝力量，从大腿边的口袋里抽出那支箭，颤抖着扎进了乔的左手背。

第二十八章

乔尖叫一声，手松开了一些。我像个布娃娃一样毫无生气地瘫倒在地。

过了一会儿，乔像又被激活了似的站了起来，像机器人一样原地转圈。

我不知从哪儿来的力气，拖着自己的身体爬到了父亲身边，飞快地把箭头扎进了他的手背。遥控器掉了。

"玛丽，你难道还不明白吗？我是住在火山里的全知的导师。如果我死了，整个世界都会跟着我一起消亡。"

我等他抬手打我，但他并没有。或许这个全知的导师比我想象的还要虚弱一些。

乔失去了父亲的遥控，开始漫无目的地四处乱走。他绊到我身上，摔倒了。现在掌控局面的既不是父亲，也不是乔。

我摘下左手上的手套，塞进了父亲嘴里。

"唔唔……"全知的导师说。

然后我从地上捡起了手枪。是

时候了。

第二十九章

"你现在喊你那克隆人军队来救你呀。"我小声对父亲说。我还不能大声说话,嗓子疼。

乔惊慌失措地看着我们,然后坐下开始无声地哭泣。大滴的泪珠顺着他的脸颊滑了下来。

"玛丽,"父亲从轮椅上滑下来一些,"我没有多长时间可活了。我病得很重。我知道你想杀了我,但你让我自己决定怎么死吧。"

我摸摸自己的脖子。刚刚乔实在太用力了,我不知伤到了哪里,现在的我连呼吸和吞咽都很困难。

父亲在衣服里掏着什么东西。我几乎要冲过去阻止他,万一他还狡猾地藏着什么武器可怎么办?

"这个……给你。"父亲喘着粗气,从脖子上摘下来一个挂坠,一个心形的挂坠。

我的心里翻江倒海:那是母亲给我的首饰!原来它并

不是被我弄丢了，而是被父亲拿走了！父亲居然把这个也拿
走了。

第三十章

"你的母亲……"父亲开口说。

"嗯？"我的声音沙哑，心脏似乎变成了一只忐忑的小老鼠，到处乱撞。原来是父亲偷走了我的挂坠。

"这是我找到的。它一直让我内心不安，因为它其实是顶级的秘密武器，全世界也只有几个这种心形挂坠，分别收藏在几个精英战士手里。我觉得你母亲可能有秘密没告诉我。我打不开这个挂坠，你能不能试试？"

"你是什么意思？"

"这挂坠上有可以读取指纹的设备。当初我设计这款挂坠就是为了可以秘密地在战场上传递信息，所以特地选了普通的样式，就和战士们在里面藏了女友、妻子或者孩子的照片的挂坠一样。这个挂坠里就有你母亲的照片。我一直以为你母亲肯定想不到这不仅仅是件普通的首饰，但现在我开始怀疑她在这里面藏了一个只有你能看到的秘密。这挂坠里其实还有个小投影仪，以及别的电子设备。"

虽然现在父亲病得站不起来，他还是忍不住要夸耀伟大
的瓦利为的设计有多精妙。我简直想打他，使劲地打。

呼吸也痛。乔说不定真的给我的喉咙造成了难以恢复的
损伤。

"你就不能把它打碎？打碎了你就知道里面藏着什么
了。"我小声说道。

父亲长长地叹了口气，像已经忍了一个世纪那么久。看
来这个挂坠真的让他头疼很久了。

"不行。如果打碎这个挂坠，氧气就会侵入储藏信息的
芯片，芯片就毁了。"

父亲用近乎平常的声音说道。

"本来这些挂坠在出厂之前我都做了设置，保证我能打
开每一个。但不知怎么这个就是打不开。我以为这个挂坠里
肯定储存了你母亲的指纹，但用她的指纹也打不开。以前你
母亲是我的助手，是所有助手里面最聪明的一个。刚刚我忽
然想到，她会不会悄悄在这挂坠上存入了你的指纹，比如在
你睡觉的时候？你要不要试试？"

"这里面能有什么呀？"

"我估计最有可能是一些回忆，比如你儿时的照片之类

的。我已经再没有坚持活下去的理由了，你就让我看看里面藏了什么吧。"

父亲的声音有些颤抖，他害怕了。母亲手上一定曾经有过能威胁到他的东西。我忽然想起当年母亲对我说过的话，一股寒流窜过我的脊背——这颗心可以拯救全世界……在你觉得一切都要走向毁灭的时候，这个挂坠就会向你袒露阻止毁灭的方法。只有你才能打开它。

"把挂坠给我，"我说，"是你把它偷走的。"

父亲有些犹豫。我从他手上抓走了挂坠。我感到他不愿松手，但他确实没剩多少力气了。

"你也没那么聪明，父亲，你就是个疯子。之前你有好多次机会可以抓到我，把我的手指按在这个挂坠上面，但你没抓住那些机会。现在我再给你最后一次机会，告诉我那些无人机在哪儿。"我沙哑地说。

"什么无人机？"

"奥利维亚告诉我了，那些无人机，搭载有细菌和病毒，不知还有别的什么。我就是为了它们才来找你的。"

父亲盯着远方，一言不发。

"我决定生死，开普勒 62e 这颗星球就是我的王国。你要和我一起死。"

"好吧，可你这么做到底是为了什么？"我问道，"你到底想要什么？在地球上的时候你已经拥有了一切，你又来到这儿，你非要把这颗星球也毁掉吗？"

"把手指按到挂坠上，玛丽，咱们看看里面到底有什么。"

我站了起来。

"不。"我说，"如果需要我的指纹才能打开这个挂坠，那么这里面的秘密就是母亲给我一个人的。我没有什么要说的了。其实我跟你一直没什么好说的。在我小时候母亲把挂坠送给了我，是你偷走了它。"

"你母亲才是小偷，她不经过允许就拿走了为战争准备的武器，她是披着天使外衣的巫婆。"父亲说。

我等待的时机终于到来了。我终于可以按当初的计划行事了：在这个伟大的时刻，我要挑战父亲，摧毁他。

然而我却做不到。我也姓瓦利为，但我和他不一样。

第三十一章

"等等，玛丽，你等等。要是你先把这个挂坠打开，我就保证……我是导师呀，听我的没错。"

父亲向来喜欢控制别人，恐怕他死到临头也改不了这个德性。

"不行。"我说，"你教过我，谁也不能信任，每个人还不是为了自己？"

　　"我是你父亲呀，玛丽，你就是小先知公主。我会给你喜马拉雅山一般的力量。"

　　"你在我心里连达斯·维德[1]都算不上。父亲并不只是血缘意义上的，你……"

　　我扭过头去，不想让他看到我的泪水。

　　1　达斯·维德：《星球大战》里面的人物，一个残酷、邪恶的反派。

第三十二章

"那些水母蝙蝠，那些你用长矛里的毒液喷射的水母蝙蝠——你做的事我都在摄像头里看到了。"父亲说。

"嗯，那些水母蝙蝠怎么了？"我问道。

"那些水母蝙蝠就是无人机，现在它们只搭载了水，但以后可说不定。现在还只是测试阶段。在这些水母蝙蝠身上搭载些别的东西可太容易了，比如说……"

"引发鼠疫、霍乱的细菌，致命的病毒。"我小声说道，"我最后再问一次，你到底把生化武器藏在哪儿了？"

父亲叹了口气。乔依旧躺在地上，一动不动。

"冰箱快不行了，我们带来的那些电池都已经没电了。这个……"

父亲剧烈地咳嗽起来。

"你们在这个洞里就没有什么高级的实验室？"我问道。

父亲没有回答，咳嗽得更厉害了。现在他的身体状况到底有多差？这会不会是他装出来的？还是他真的病得这么厉害？住在这个火山洞的深处估计对身体并不怎么好。

"请你把它打开吧，好吗？我实在很想念你的母亲……"

他是在装疯还是真的疯了？他可骗不了我。我知道父亲才不会想念任何人，他做任何事最终都是为了他自己。我用了很长时间才真正意识到父亲和他的公司在地球上有多大权力。但他还是从地球上逃到这里来了。说不定他也害怕自己创造出来的可怕的数字化网络，这些网络通过层层突变，已经变成了控制全人类所需能源的怪物——无名的怪物，没有人阻止得了的怪物。

父亲看着地板上的什么东西。我随着他的视线看过去，那是他用来遥控乔和其他克隆人的遥控器。我把遥控器捡起来拿在手里。它看上去很容易操作，有个启动按钮，还有个小话筒，可以通过话筒直接控制经过神经改造的人。

第三十三章

我迅速地从冰箱里拿出所有的实验袋。袋子里整齐地摆放着一排排试管和安瓿瓶。我只看了一眼，就迅速把袋子合上了。虽然这些病毒、细菌经过了仔细的包装，我还是打心底害怕它们。为什么我父亲会倾尽一生的努力去研发这些东西？我怎么才能毁掉这些病毒、细菌而不会伤害到他人？

"可乐！给我可乐！"乔忽然喊道。他已经醒了，但现在他脑子里还难以形成任何有逻辑的想法。

我拿起那些袋子，准备离开。

"那个挂坠，"父亲说，"请你给我看看吧，让我知道里面到底有什么。"

我从没听父亲说过一个"请"字。

我好紧张。我知道我现在应该保持沉着冷静，但哪有那么容易做到。

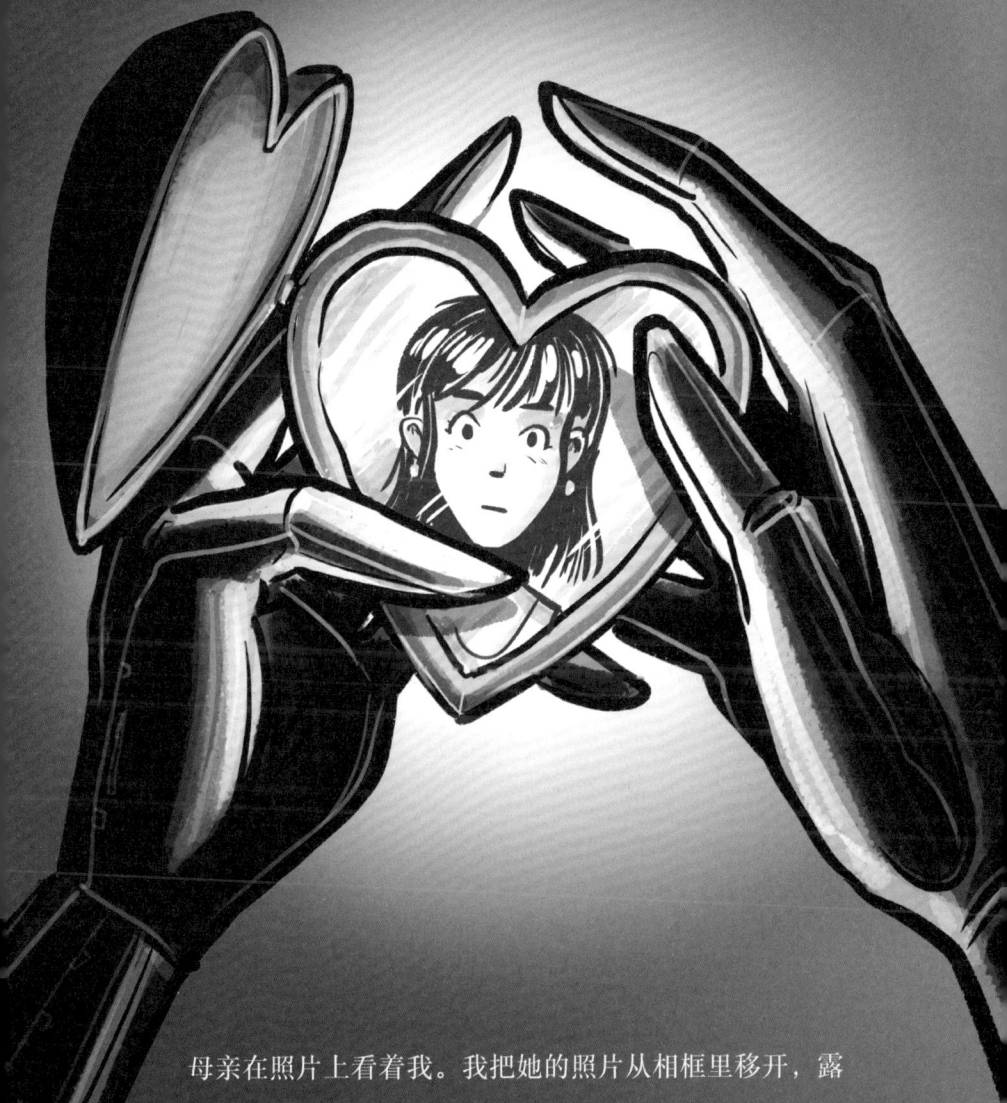

　　母亲在照片上看着我。我把她的照片从相框里移开，露出照片下面一个黑色的小圆环。我小心翼翼地把大拇指按在上面……哇！

心形挂坠射出了明亮的蓝光。蓝光射到石壁上，形成了一个巨大的全息影像。这个影像好像是什么标志，但仔细看更像地图，或者是一张很复杂的某种设备的图纸。这个全息影像在洞穴里神秘地闪着蓝光，我完全不知道它到底是什么。

我小心地合上挂坠，把它装到贴身的口袋里。

"这是什么？"我问父亲。

父亲面如死灰。

"我呸！"他小声说，"呸呸呸！这个巫婆是怎么把这个拿到手的？不可能！肯定是假的！！！"

我眼看着父亲的脸色从通红变到蓝色，最终变回了死灰色。他又剧烈地咳嗽起来，像要把肺咳出来似的。克隆男孩们冲进来察看情况。他们肯定是听到了父亲咳嗽的声音。

"玛丽！"父亲红着脸，在咳嗽和喘息之间挤出几句话，"马上把那挂坠给我！藏在里面的信息不是你应该看见的，它很危险，对你，对所有人……"

"但那到底是什么？"我问道。看来挂坠是个非常危险而重要的东西。

"把挂坠拿过来，玛丽，否则……砰砰！"父亲一边模拟爆炸的声音，一边用手指比画出爆炸的样子，"否则喜马拉雅山就要变成一片沙丘啦！你们都会变成无家可归的氢原子！"

"砰砰？你好好解释，现在他们可都听我的。"我说。

"砰砰！"父亲又一次小声模拟了爆炸的声音，他说，"你要是还不把挂坠给我，我就把这个洞穴炸掉，火焰会一直烧到天上！就现在！"

"你怎么炸？"

"我已经在洞穴各处安置了炸药。如果你不把挂坠给我，我们就同归于尽！整座火山会被炸成无数碎片！我想……"他又咳嗽起来，"我想让所有星系都为我颤抖！"

"过来，"我对乔说，"他就是在吹牛。咱们走吧。父亲，预祝你的全知生涯愉快。"

我最后瞅了一眼父亲。他按下了手环上的红色按钮。以前我误以为那手环是测心率用的，现在看来它并不是，而且也不是控制被改造神经的人的，因为控制他们的遥控器在我手里。

这按钮按下去后肯定会发生很危险的事。我扭过头去，看到金发蓝眼的克隆男孩们都飞快跑开了。他们知道现在是玩真的了。父亲不再控制他们之后，他们就立刻逃命去了。

"所有爆炸物都已经启动了，用不了多久火山就会被炸成齑粉。"父亲说，"我们就会被埋在这里面，你和我……"

听到这儿，我已经转身开始向外面跑了。

第三十四章

　　跑出几米之后我再次回头，因为我听到了一个奇怪的声音，好像什么机器在启动。

　　父亲已经不见了！

　　我看到父亲刚刚还在的那个位置，有个洞口正在闭合。我跑向那个洞口，但立刻知道为时已晚——赶不上了。父亲真的没开玩笑！

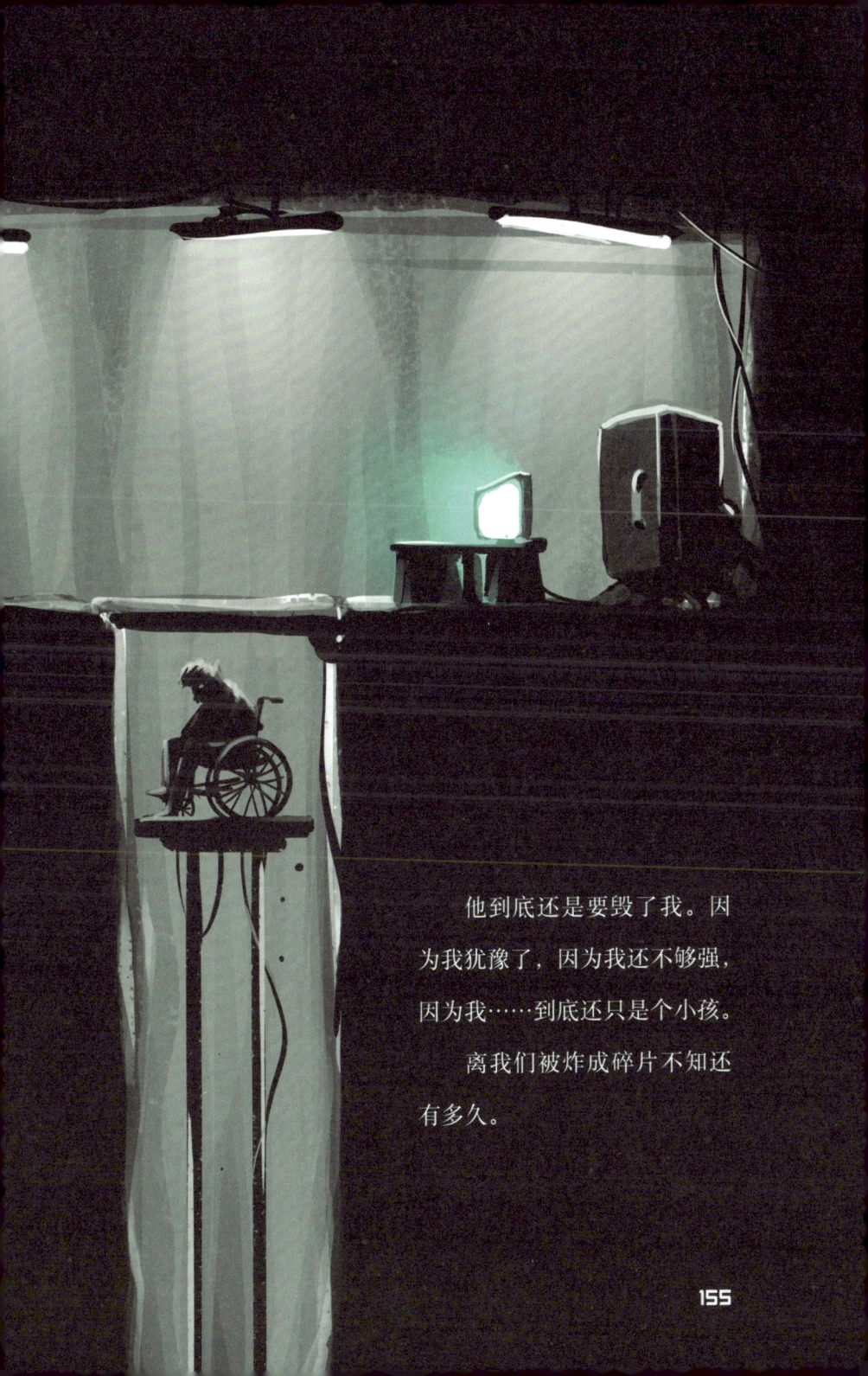

他到底还是要毁了我。因为我犹豫了，因为我还不够强，因为我……到底还只是个小孩。

离我们被炸成碎片不知还有多久。

第三十五章

　　我的嘴里干极了，像沙漠一样干，气也喘不上来。我不知道该做什么。我按下遥控器上那个父亲用来控制乔的按钮，乔立刻回过神来。

　　"拿上那几个袋子，跑得越快越好！"我通过话筒指挥他。

　　乔立刻拿起了那些袋子。

　　我们一起向外飞奔。

穿过了那扇把我们和嘶嘶兽隔开的门。

沿着深藏于地下的洞穴。

穿过池塘。

又穿过更多的洞穴。

最终我们挤进了电梯。

那几个克隆男孩已经在电梯里了。我们刚好挤进去。我实在太害怕了，怕到甚至来不及想自己有幽闭恐惧症的事。

我按下向上的按钮，一股新的惧意袭上胸口：这按钮不管用怎么办？

好在按钮管用。

电梯上升了。

一直向上。

向上。

向上。

向上。

向上。

向上。

继续向上。

我们就置身于空气清新的洞穴外了。

乔简直像个机器。

要么是父亲骗人，根本没有爆炸物；要么是他设置了足够长的等待时间，以便他自己也有时间逃脱。

我们继续向前跑。

跑到岸边的时候，我几乎想吐了。

乔还拽着那些装满了病毒和细菌、能带来悲惨和死亡的袋子。我得保护好这几个袋子，保证把它们送到奥利维亚那儿。说不定斯温特莱纳知道这些袋子到底应该怎么处理。

我像父亲一样给乔发出指令，我觉得自己是在利用他，但现在顾不上这些了，因为他也命悬一线。

"叫坦克海豚过来，"我说，"快点儿！"

乔吹响了木哨，吹了好几下。不久一群坦克海豚就游了过来，足够载克隆男孩们一起离开。

　　我们爬到坦克海豚背上。乔紧紧抓着那些袋子，就像里面装着他的命一样。

　　我们骑着坦克海豚飞速离开岛屿的时候，空气忽然颤抖了起来，水面上也翻腾起巨浪。

第三十六章

我们像牛蒡果刺牢牢粘挂在东西上一样，坐在了坦克海豚背上。这些坦克海豚像知道我们全都命悬一线似的，飞速游走了。

我这次没来得及穿上那塑料片制成的绑在腿上的护甲，但好在我们都穿了连体服，它们足以保护我们不受坦克海豚背上锋利鳞片的伤害。现在除了保命，别的全都顾不上了。

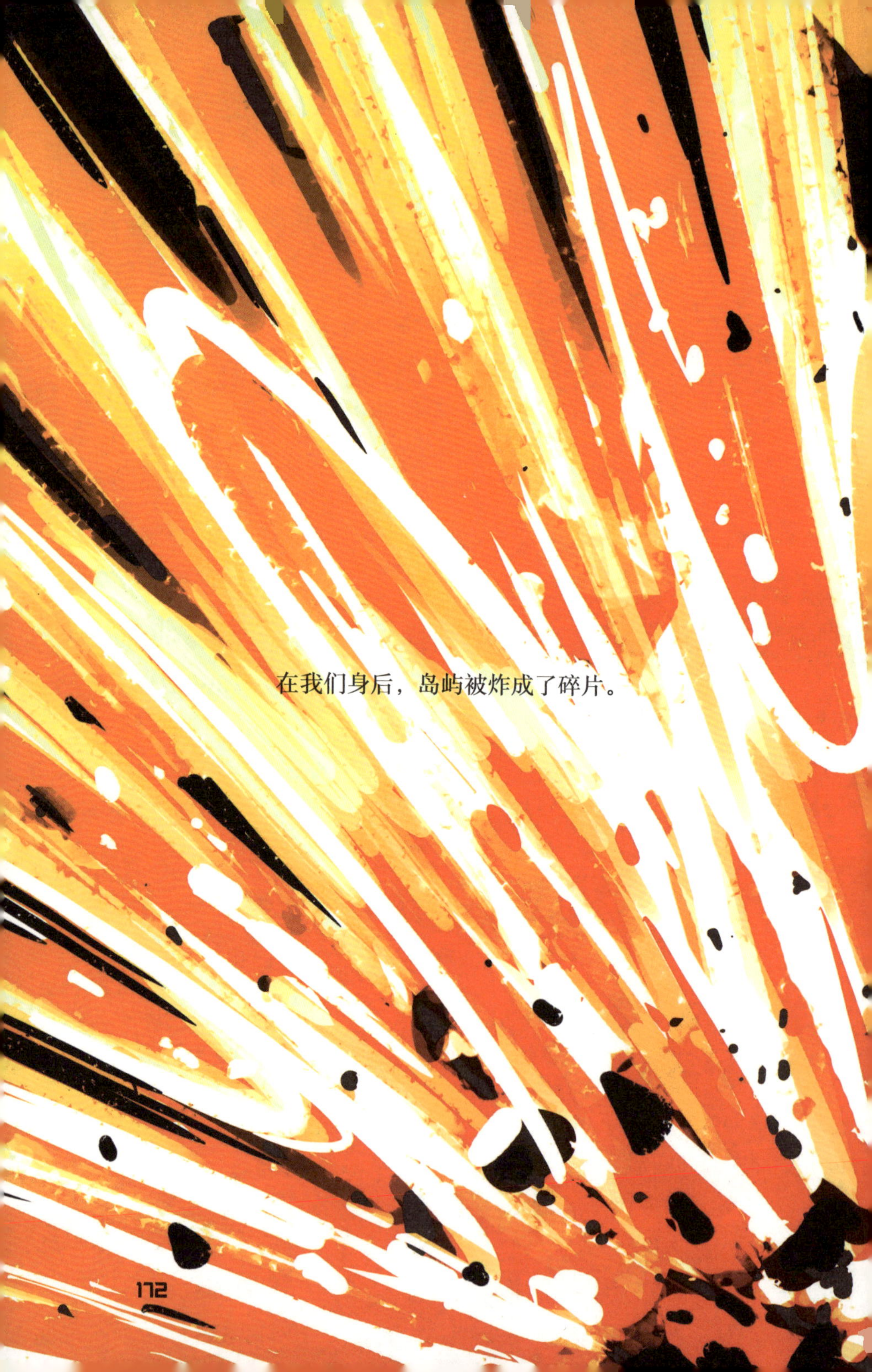

在我们身后，岛屿被炸成了碎片。

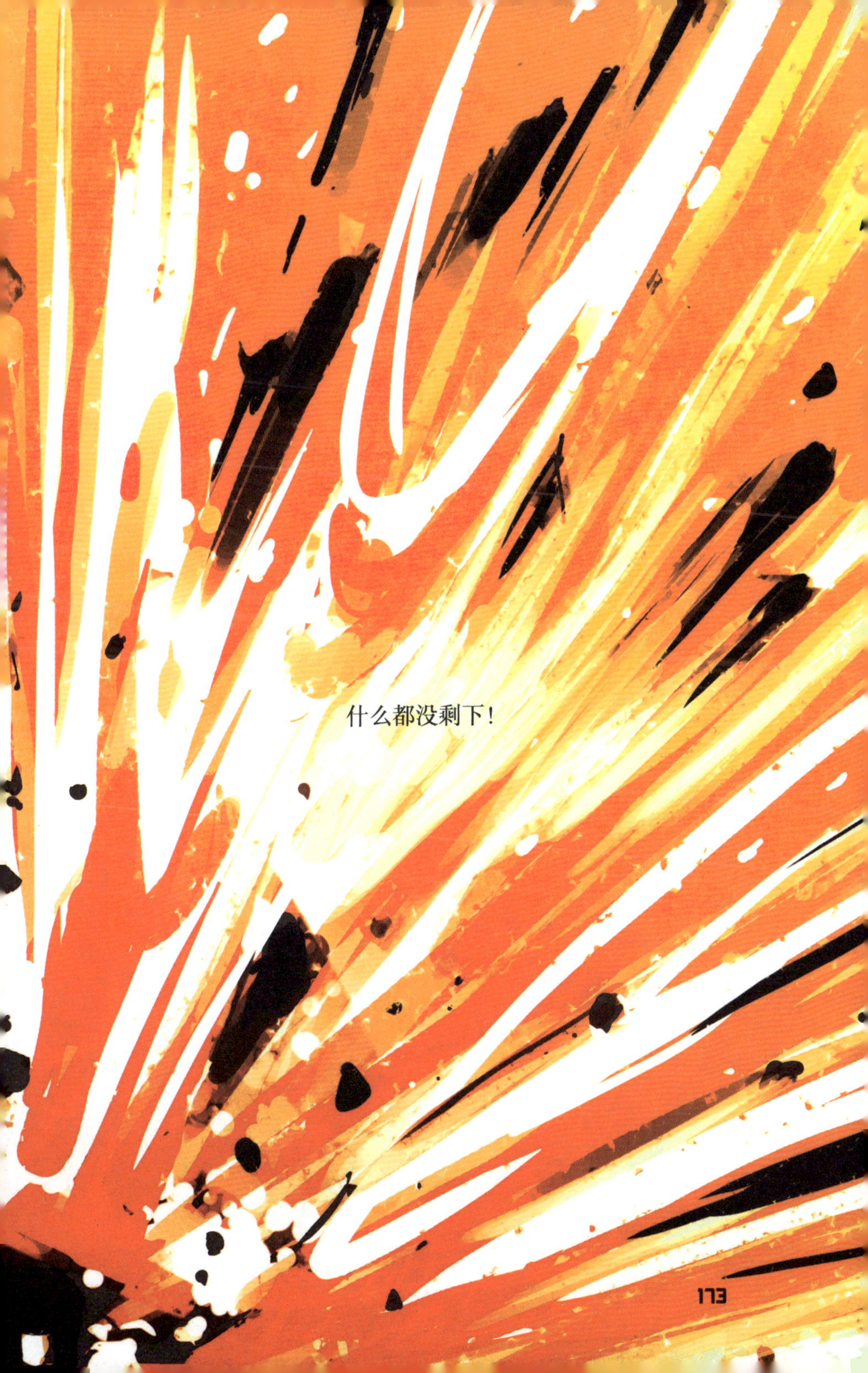
什么都没剩下！

整座火山变成了一团巨大的焰火，天上满是飞起来的石头、硫黄、岩浆、树木、沙土……岛上的一切都被炸飞了。

虽然这种想法有点儿变态，但我觉得其实这个场景很壮观。

瓦利为军工厂的新年焰火和这爆炸的火山比起来简直不值得一提。

这个岛屿其实也是瓦利为的军工厂。烟雾冲到开普勒 62e 星球上空几千米高的大气层中。

不知这爆炸会不会引发什么连锁反应，搞不好最后整个星球都会因此毁灭。

至少岛上没有任何人能从这场爆炸中幸存下来。

我的心底，

微微地刺痛。

父亲。

第 三 十 七 章

我们脱下了连体服。我手里还紧紧攥着那个心形挂坠，估计挂坠的形状已经印刻在我手心里了。

我们瘫倒在沙滩上。我吐了一次，精疲力竭。我一点儿动弹的力气都没有了，只想躺着。

"我没力气走到营地了。"我的声音似有似无。

我已经关掉了乔的控制系统。估计他也累坏了，也浑身酸痛。

"那你想怎么办？"乔问道。

我知道其实我得做很多事情。我应该去找奥利维亚，请她把乔头里的芯片取出来；还应该聚集起营地的领袖，我们得……

我闭上了眼睛。

但是我真正想做的是什么呢，我心底里最想做的？

在来开普勒62e星球的路上，我们在一处国际空间站做了短暂停留。有一个晚上，我从狭窄的窗户看向外面，窗外的场景让我备受震撼，原来它就在那儿。

地球。

小小的，蓝色的。

实在是美极了。这颗小星球已经存在了几十亿年，是绝大多数人类唯一的家园。

那个时候我拼命地只想离开地球。当时到底为什么呢？我怎么就再也不想在地球上生活了？

不行。

我们得回去。

必须集中起我们所有人的力量——

奥利维亚的力量，还有阿里和乔尼的力量，甚至还有那些背叛过我们的人的力量。

我们得形成共同的目标，一起努力，不管用什么办法，都得回到地球上才行。不知有没有人能想办法把来时用的大宇宙飞船修好。他们也和我一样想家吗？

虽然平躺着，但我还是头晕目眩的。

忽然，整个世界都在我眼前旋转起来。之后就是无边的黑暗。

第三十八章

我发烧了，嗓子疼。

我正躺在奥利维亚临时搭建起来的病房里。

现在我有时间思考了。母亲给我的心形挂坠里面的东西到底是什么？是什么能让父亲那么害怕，甚至偷走了它？

奥利维亚过来给我换脖子上的纱布，她已经照顾我两周了。此外我还得喝一种味道难以形容的苦药汤。

奥利维亚告诉我，斯温特莱纳已经小心地处理了那几个装有病毒、细菌的实验袋。父亲研发出来的病毒、细菌果然特别危险。另外，等乔恢复一些，她就把他头里的芯片取出来。

"玛丽，你真的确定父亲……死了？"

"嗯。他不可能从那场爆炸中逃脱。你自己也看见了，那座岛已经炸没了。"

"嗯，"奥利维亚说，"那次爆炸引发了一场大海啸。但好在我们的营地几乎没受什么影响。"

我知道她心里有无数关于父亲的问题想问，但她并没开口。再等等吧，有时候时间是最好的答案。

"我想回地球。"我说，"开普勒 62e 不是我的家。"

奥利维亚叹了口气。

"好多人都和你有一样的想法。但这事说难都是轻的，可以说几乎不可能。"她摸了摸我的头发。

"但也不是完全不可能吧？"我问道，"还有那么一丝丝的希望？"

"可能吧。"她又叹了口气，"说不定埃里克和半人半饼干 05 能想想办法。好在和我们一起坐飞船过来的孩子们里有几个对科技非常感兴趣。"

"但是奥利维亚，"我说，"要是我们真的回去了，我们可是瓦利为武器工厂的继承人，说不定我们可以改变地球上的一切。你想过这些没有？说不定我们可以用自己的力量拯救地球。"

"没想过。"她说。

我努力笑了一下。我知道自己很少笑。

"那你现在想想吧，"我说，"多想想。我看出来了，你也想家。"

我闭上眼睛，紧紧攥着挂在胸前的挂坠。我还没告诉奥利维亚挂坠里藏着全息影像。我知道这里面的信息肯定非常重要。

奥利维亚抚摸着我的头，过了好长时间，她最终在我额头上轻轻亲了一下。被抚摸的感觉真好。

"再说吧。现在有人来看你了。阿尔弗雷德和马格达这些天除了探问你的情况之外，别的什么都没做。我告诉他们你喉咙恢复之前谁都不能见，现在看来你恢复得不错。他们肯定想让你讲讲到底发生了什么。"

"我这嗓子估计坚持不住啊。"我声音沙哑地说。

"我再给你泡点儿茶,"奥利维亚说,"那种你觉得特别好喝的茶。"

开普勒

62 물